D1392875

Texture

Collection dirigée par François Couture

J'ai eu peur
d'un quartier autrefois

Texture

Patrick Drolet

J'ai eu peur d'un quartier autrefois

roman

Hurtubise

Catalogage avant publication de Bibliothèque et Archives nationales du Québec
et Bibliothèque et Archives Canada

Drolet, Patrick, 1974-

J'ai eu peur d'un quartier autrefois

(Texture)

ISBN 978-2-89647-207-9

I. Titre. II. Collection: Texture.

PS8607.R64J34 2009   C843'.6   C2009-942218-2
PS9607.R64J34 2009

Les Éditions Hurtubise bénéficient du soutien financier des institutions suivantes pour
leurs activités d'édition :
- Conseil des Arts du Canada
- Gouvernement du Canada par l'entremise du Programme d'aide au développement
  de l'industrie de l'édition (PADIÉ)
- Société de développement des entreprises culturelles du Québec (SODEC)
- Programme de crédit d'impôt pour l'édition de livres du gouvernement du Québec

Direction littéraire : François Couture
Maquette de couverture : Thomas Csano
Mise en page : Folio infographie
Révision : Sabine Schir et Violaine Ducharme

Copyright © 2009, Éditions Hurtubise inc.

ISBN : 978-2-89647-207-9

Dépôt légal : 4ᵉ trimestre 2009
Bibliothèque et Archives nationales du Québec
Bibliothèque et Archives du Canada

Diffusion-distribution au Canada :   Diffusion-distribution en France :
Distribution HMH   Librairie du Québec / DNM
1815, avenue De Lorimier   30, rue Gay-Lussac
Montréal (Québec) H2K 3W6   75005 Paris
www.distributionhmh.com   www.librairieduquebec.fr

Imprimé au Canada
www.editionshurtubise.com

Le sang de ceulx qui furent occis sur la grande place seulement, baigna tout le quartier.

SYLLA

31

Un être qui perçoit tout et qui voit tout et qui observe tout, et cela sans interruption, n'est pas aimé, il est plutôt craint.

THOMAS BERNHARD

Oui

Chaos.
Absolute lack of harmony.
Complete lack of structural organization.
Total absence of technique, however rudimentary.
Once again, chaos.
But these are superficial impressions, first impressions...

JACKSON POLLOCK

Interviews, Articles, and Reviews

Durant les nuits hivernales, la mort aimait étendre son territoire jusque dans mon quartier. Elle était en quête. Elle faisait un travail d'approche. Souvent, de ma fenêtre, je l'observais. Il m'arrivait de sentir son ombre, une odeur forte, mais j'entendais rarement un bruit. Elle était agile et seule. Certains mentionnaient avoir perçu son souffle, un souffle gras parmi le peu d'arbres de ma rue. Dressée comme un animal battu, elle se balançait avec un teint délicat. Elle mordillait les marches des perrons comme un rat qui cherche sa pitance à l'aurore.

Dos à la fenêtre, je refusais son union. J'étais trop faible. Son essence, sa saleté prenaient de l'ampleur sous le chant de l'hiver. Son rire silencieux avait déjà tué un de mes voisins. On racontait que le pauvre l'avait invitée à voix basse. Dans un mélange de boue durcie et de neige, de sueur et de sperme, il fut éventré honteusement. Les épaules écartées, son propre sang l'avait brûlé, malheureux et bête, le voisin. J'avais toujours cru qu'il fallait un courage solitaire avant l'exécution. Il devait se sentir supérieur, maître de son espèce.

Il m'arrivait de figer près de la façade de sa maison. Une porte brune et triste. Deux petites fenêtres qui s'ouvraient jadis. Une maison qui avait été érigée par erreur dans la rue. Avait-on déjà chanté dans cette demeure ? Probablement, mais sans instruments de musique. J'avais été intrigué par le jardin à l'arrière. Je le scrutais longuement. Était-ce pour mieux comprendre ce voisin ou pour simuler la trajectoire de la mort qui baignait partout ? Pour seule réponse, un sifflement s'élevait quand je m'approchais de ce lieu. Le sifflement de son chagrin et de son vertige. J'aurais aimé entendre la respiration des habitants qui vivaient collés à cette maison. J'imaginais des vivants qui s'étaient encroûtés, sans vie. Certainement plus difficile de moisir dans le froid.

Dans cette maison, le ventre maternel du voisin sans figure et sans pulsions, loge aujourd'hui la mort qui accompagne ses robustes piliers. Voilà un nouveau départ pour les pauvres murs et la toiture. Être envahis par quelqu'un qui brûle l'existence. Dire qu'il y a quelques mois ce lieu était sans importance et perdu.

Accroupi, j'avais surpris l'ombre de cette nouvelle loca-
taire. Pris d'anxiété, je ne pouvais reculer. Je devais toujours l'observer, mais de dos. Curiosité mortelle? Silence
pathétique du voyeur? Il s'agissait simplement d'arrêter
de vivre, de se donner comme au temps du Christ.
Il vaut mieux vivre seul quand on observe les gens.
C'est plus simple pour se taire. Il m'arrivait de prendre
quelques notes pour parfaire l'image aveugle de l'ombre,
cette chère voisine cannibale.

Me connaissait-elle? Me sentait-elle? Je devais me
faire oublier d'elle. Trouver mon silence dans le jus de ma
transpiration. Le voyeur désorienté et le vide de la nuit qui
pleuraient contre l'ombre sauvage qui suçait la mémoire.

Par moments, il m'arrivait de vouloir pénétrer dans la
cave de cette demeure. Me dissoudre à l'intérieur de la
surface noire, respirer la mélodie des ruines. Peut-être y
avait-il là des parasites en pénitence qui ne demandaient
que le pardon? J'enviais avec ardeur les fissures des fondations. Que d'années pour arriver à ces fentes, qui
n'osaient plus cracher. Elles se butaient, du temps de
l'ancien voisin. À présent, avec l'arrivée de l'ombre cannibale, seraient-elles plus obéissantes? Difficile à croire.
J'allais observer la répétition de leurs chemins.

Cette cave, ce sanctuaire paralysé dans la terre, me
hantait. Peut-on rêver au sous-sol? Se pousser dans la
noirceur? Il allait falloir réinventer le voisin, je crois. Il le
savait. Il avait dû nettoyer le lieu. Je voulais sentir le peu

de chaleur de cet endroit. M'activer avec l'effroi et chercher l'ancien visage du voisin. L'ombre avait disposé du corps de cet homme, mais j'étais certain qu'il restait des lambeaux de sa figure à la cave. Quelques traits de son nez ou de son front me suffiraient. Je voulais le reconstruire comme un casse-tête inconnu dont on n'a pas l'image. Je voulais mordre la vocation de son absence. J'avais déjà frappé avec mes mains sur les fondations de cette cave. C'était durant une nuit bleue. Je me souvenais d'avoir perdu l'écho du coup. Mes paumes et mes doigts n'étaient pas accordés. Le son n'acceptait pas la rencontre de mes mains gelées et du ciment. Était-ce une mauvaise chorégraphie ou simplement un signe de rejet de la maison ? Encore une fois, le voisin aurait été utile.

J'avais pensé incendier l'habitation. La voir tomber seule et indécise. Peut-être qu'à ce moment j'aurais reçu en pleine figure les échecs de mes questions. J'imaginais de grandes flammes qui chantaient la beauté obscène de la destruction. Le chant de cette chaleur qui chassait tout vers le ciel. Un ciel qui attendait avec la plus grande hypocrisie. Comme les nuits brûlantes et étouffantes de juillet.

Il faut savoir rêver quand on vit dans une ville, dans un quartier, dans une rue. Rêver, mais pas avec une ombre. C'est comme appeler la nausée après un choc brutal. J'avais remarqué que la toiture ne demandait qu'à fondre. Elle semblait chercher une dignité dans le début de la nuit. Autrefois, le toit aimait se glisser sous la luminosité froide du réverbère. J'aurais bien aimé écouter attentivement la parole décousue de la corniche, chérir sa vérité. Difficile de trouver le mouvement d'une habitation, de trouver son souffle. Je devais apprendre à m'apaiser, me soulager.

L'ombre des nuages n'a jamais laissé de trace sur les carreaux des fenêtres. Je crois que seule la foudre aurait pu y dessiner un visage. Il y a quelques moments à trouver dans ces décombres. L'ombre cannibale devra nettoyer ces surfaces de verre. Le soleil les avaient quittées depuis longtemps. Il avait apprivoisé une certaine retraite.

Une gesticulation évidente de mon ancien voisin est emprisonnée dans le miroir de l'entrée. J'avais déjà aperçu ce miroir. Grand et fragile, fixé sur un mur trempé de larmes. Une glace active, mais laissée seule. J'aimais imaginer mon voisin d'autrefois scrutant son visage dans cette glace. Il avait sûrement appris à y perdre son regard. Comment avait-il fait alors pour voir l'ombre cannibale lui infliger une dernière correction ? Son corps avait été traîné jusque devant mon domicile... Traîné ou lancé ? Il ne restait qu'un regard égaré sur le visage du voisin. Il avait hurlé ses dernières pulsions dans l'aurore et sur sa faible lumière.

Je connaissais très peu sa famille. Il n'avait aucune femme, mais il possédait un frère que j'avais baptisé « le faible boudeur ». Dans le récit de la vie de mon voisin, je crois que ce frère occupait un petit rôle, c'était un homme secondaire. Il était petit et lourd. Depuis le décès du voisin, l'homme n'était jamais revenu sur les lieux du sacrifice. Je savais qu'il avait peur, peur de marcher sur ses anciennes traces familiales. Deux jours avant la nuit fatidique, « le faible boudeur » n'avait qu'une voix vacillante, un souffle abîmé, et il était terrorisé. Je l'avais surpris en train d'uriner sur le côté de la maison. Il m'avait regardé avec ses lunettes graves et raides. Je savais qu'il sentait le danger qui allait s'abattre. Son urine était démesurée et chancelante, mêlant sang et fumée dans le froid. « Le faible boudeur » délimitait le lieu du sacrifice. Il embaumait sa pensée vicieuse, il mouillait le départ de son frère avec le frisson de sa peur. J'ai cru l'entendre dire : « On s'oubliera comme des enfants sans prénoms. »

Le pauvre annonçait la venue de l'ombre cannibale. Il fallait se préparer au combat qui ne retarderait pas la dernière goutte de salive. De dos, je frémissais à l'intérieur de ma chambre. Entre la nuit et les nuages glacés, je veillais en contre-plongée. La moustiquaire servait de rideau de fer contre les vents hurlants et leurs ombres. Je devais attendre, m'étais-je dit. Après plus d'une quarantaine d'heures, le sang, la neige, le sperme du désespoir et le corps du voisin dormaient devant chez moi. L'ombre cannibale avait choisi sa terre, son histoire. Il aurait fallu que j'accepte et que je quitte. J'étais resté là, saisi de tremblements, et incapable de fermer les yeux.

Après avoir été témoin du sacrifice, j'avais passé quelques heures sous la douche. J'avais voulu tremper la vision arrêtée de la dernière respiration de mon voisin. Rien ne disparaissait sur ma peau. J'avais emmagasiné le longmétrage, dans l'éternité de mon corps. J'avais dirigé mon squelette humide vers la fenêtre. Rien. Toutes les marques de violence étaient sèches sur le trottoir. La cérémonie avait plié bagage vers un autre sacrifice planifié. La nuit se coulait tranquillement dans l'aurore.

Il y avait plusieurs jours que la maison de l'ombre cannibale était silencieuse. J'avais eu le courage de sortir et de descendre mettre mes deux pieds sur l'asphalte. Respirer l'air du dehors, l'air du jour. J'avais longuement pensé me déguiser pour sortir incognito. Je n'avais trouvé que ma peau ratatinée et gonflée. À plusieurs reprises, j'étais passé devant la demeure de l'ombre cannibale. Aucun son n'en émanait. Je m'étais caché derrière une voiture garée. Après quelques respirations saccadées, j'avais osé lever les yeux en direction de l'habitation. La maison était figée, on aurait dit qu'elle avait arrêté de vivre. La porte d'entrée était paralysée dans son cadre. Elle semblait vouloir pleurer l'humidité par ses pores. J'aurais aimé qu'elle crie, qu'elle bouge, qu'elle manifeste sa terreur d'être la voie principale de cette demeure. Je voulais la sentir fragile d'être prisonnière, mais elle ne bougeait plus. J'étais resté là pendant une heure à l'observer et à me ronger les ongles jusqu'au sang. Je percevais les égratignures qui s'étaient logées dans son bois dur. Des crevasses comme on en retrouvait sur les mains des gens qui parlaient peu mais qui agissaient dans leur existence. Des rayures profondes, comme un deuil repoussé. La porte aurait aimé pleurer, je le sais.

Après avoir régurgité, j'avais posé mes mains sur mes yeux. Je voulais absolument sentir mes larmes. Je voulais me sentir vivant. Vivre encore. Le soleil de midi brûlait ma vue et asséchait mes voies respiratoires. Je m'étais relevé pour me diriger vers mon quartier général. J'avais la tête inhabitée et je me sentais en quelque sorte en sécurité. Quand rencontrerais-je l'ombre ?

Une musique complexe grondait en moi. Plusieurs instruments voulaient pousser leur solo, mais il n'y avait qu'un seul chant possible. Quand j'ai détourné mon regard de mon corps, la pénombre m'a frappé durement. J'étais habillé, désorienté et amorphe. J'aurais voulu me lever et regarder par la fenêtre pour vérifier si la maison de mon voisin était toujours là. J'avais perdu toutes mes forces. Je dévisageai le réveil qui vibrait comme un volcan lors de ses premières éruptions.

Noir.

Je quittai la pièce. Debout et couché.

Noir.

Mon esprit déshabillait tranquillement les couches de peinture de la porte de l'ombre cannibale. Une valse que tout le monde connaît, mais que personne ne sait danser. J'aurais aimé renaître sous de fabuleuses couleurs.

Ce repos m'avait semblé court et profond. Le cadran indiquait quatre heures onze. J'avais la bouche lourde et collante. La musique de la veille avait cessé. Le silence accompagnait les battements de mon cœur. Sommes-nous dans une nouvelle journée ou dans un effroi qui n'est pas terminé ? m'étais-je demandé.

Mais qui était ce « nous » ?

Peut-être avais-je voulu donner vie à un sujet et lui faire prendre ma route ? Mon corps quant à lui avait trouvé la direction pour m'amener devant la baignoire. En urinant, j'avais déjà oublié ces questions.

De son vivant déjà, le voisin avait toujours été pour moi un martyr. Il était engagé dans sa manière d'être, il cherchait la perfection. La perfection de quoi ? Il ne le savait pas lui-même. Toujours bien mis, il en faisait une obsession. Son linge concordait avec ses états d'âme, non avec les tendances de la mode. On pouvait voir en une fraction de seconde comment il se sentait à la vue du pantalon qu'il portait, de sa chemise et même parfois de son chapeau. Avec le temps, il devenait prévisible.

Quelques mois avant son sacrifice, sa démarche avait changé. Il se rapprochait du sol. Ses jambes étaient moins droites. Son regard semblait se perdre au bout de ses pieds. Il apprivoisait la poussière par terre. En passant par la ruelle arrière, je l'apercevais souvent couché sur le gazon dans son jardin. Il était sur le ventre et ne bougeait pas. Comme si la terre le passait aux rayons X. Il semblait pétrifié mais bien. J'imagine qu'on doit sentir quand le sol nous réclame. J'aurais aimé être enterré pour pouvoir le regarder en face lorsqu'il était dans cette position.

Parfois, il lui arrivait de siffler la tête penchée, comme si son souffle en frappant le sol arrivait à le remettre droit et fonctionnel. La mélodie qui sortait de sa bouche était de Rachmaninov, je crois. Il modifiait le tempo de plusieurs mesures comme si ses lèvres décidaient de se coller mutuellement par peur d'être reconnues. Il sifflotait toujours à l'arrière de sa demeure, jamais ailleurs.

S'abandonnait-il à cette mélodie uniquement dans cet espace? Avec le temps, ce jardin m'apparaissait comme un lieu de recueillement, de deuil.

J'avais espoir que personne ne raviverait cette mélodie avec le départ du voisin.

Personne.

L'une des choses qui me terrorisaient autour de la maison du voisin était ses fils électriques. De grands câbles gris foncé. Ils étaient bien ancrés sur l'arrière de la bâtisse et s'accrochaient au même poteau qui tenait ceux de ma résidence. Nous étions liés, moi et le voisin, par ce grand bout de bois, cette gigantesque croix prête à recevoir un autre sacrifice, un sacrifice à la vue de tous. Je m'imaginais soudé à ce poteau, enchaîné par ces longs tubes électriques et par l'ombre cannibale. J'étais à moitié nu, hurlant de me laisser descendre.

Aucune écoute n'était possible pour ces câbles froids et coupants. Je sentais le serpent caoutchouteux s'introduire dans mon œsophage, il glissait vers le bas en perçant mes poumons, il remplaçait mes veines. Je n'arrivais plus à différencier mes canaux sanguins de ce reptile. Une sueur interne brûlait mes tissus. Je sentais une décharge qui me paralysait, j'avais un vertige qui malmenait ma bile et mon cœur. J'apercevais les voisins en rang qui quittaient leur résidence. Ils avançaient avec de grandes enjambées pour former deux files. Les hommes d'un côté et les femmes de l'autre. Ils avaient la tête penchée vers le sol et les deux bras qui pointaient vers le haut, vers ma carcasse soudée à l'énorme croix. Ils semblaient prononcer des phrases, mais les sons s'évaporaient avant que mon ouïe les détecte. Après être passés devant moi, les voisins disparurent. Un long silence me frappait la peau du visage. Dans ce silence, des oiseaux et des écureuils arrivaient par les fils électriques du voisin décédé. J'avais remarqué que de petits miroirs brillaient dans leurs cavités oculaires. J'arrivais à me voir dans leurs reflets. Je hurlais et hurlais jusqu'à vomir mon sang, à mesure qu'ils approchaient. Je sentais le poteau qui craquait derrière ma colonne vertébrale. Le bois émiettait mes os et je voyais mon esprit se rapprocher du sol : je redescendais doucement, comme une poussière inanimée et souple.

J'avais la figure dans la terre sèche et les animaux avaient quitté le fil. Le voisinage respirait à nouveau. Tous les bâtiments de la ruelle étaient à leur place. Je n'osais pas respirer et, surtout, je n'osais plus avaler. Le soleil quittait pour son repos quotidien. J'avais décidé de laisser derrière moi la ruelle qui s'amusait avec mon écho.

Après quelques respirations incertaines, je n'avais plus de doute sur la force hypocrite de l'ombre cannibale. Je devais retrouver ma demeure et y rester. C'est dans ces moments qu'on oublie le confort et la sécurité de posséder un lieu, un lieu bien à soi. Un lieu où il est impossible de se perdre, de nourrir une angoisse ou de rencontrer quelqu'un. Je devais me retrouver seul et réapprendre à sentir mon corps qui glissait avec facilité vers les autres.

Être avec moi-même.

Laisser derrière les figures inoubliables.

Me reconnaître.

Avoir faim et être bien.

Reposer ma tête et ses larmes.

En cette fin de soirée, j'essayais de me représenter mentalement les voisins qui habitaient à proximité de l'ombre cannibale. Je savais qu'il y avait une vieille dame et son chien qui vivaient dans un immeuble du côté nord de la demeure de l'ombre cannibale. Une dame à qui il restait le quart de sa vie à vivre. Une femme qui évoquait la misère des pays de l'Est de l'énorme et lointain continent. Petite et ronde, cheveux drus et courts, elle ne vivait que pour son chien. Je ne crois pas qu'elle avait eu de contact verbal ou visuel avec le décédé. Elle incarnait une solitude voulue. Son chien n'était doté d'aucune ambition marquée, mais il était vivant. Il errait d'odeur en odeur. Je crois qu'il appréciait le relent horrible de la ville, l'effluve goûteux qui activait les sens. Elle le suivait et suait ses journées l'une après l'autre. Elle pouvait vous saluer de ses grands bras secs sans avoir jamais vu votre visage, elle sentait l'odeur humaine avec sa petite tête inclinée, comme son animal. Elle aussi, elle était en communion avec le sol, comme son chien et le voisin sacrifié dans ses derniers jours. Elle respirait l'espace alentour, debout sur ses jambes. Son odorat était extrêmement précis. Je crois qu'elle a appris à sentir avec le vent. Ses narines se dilataient et s'activaient avec un souffle fabriqué par la nature. Elle avait dû apprendre à s'orienter et à survivre là où le vent la poussait.

Il y avait aussi le voisin au sud de l'habitation de l'ombre cannibale, un jeune dépressif. Il n'avait que dix-neuf ans et semblait avoir souffert toute sa vie. Une souffrance silencieuse. Ma mère m'avait averti, à l'approche de l'âge adulte, que les gens qui souffraient en silence étaient terriblement dangereux. Ils étaient à la fois puissants et remplis de souvenirs destructeurs. J'avais toujours gardé en moi cette mise en garde. Je n'avais croisé ce jeune type que deux fois depuis huit ans. Je me souvenais bien de la première fois : il agitait un drapeau noir et jaune dans le cadre de sa fenêtre. La fenêtre était fermée. Il sautillait. Il portait des verres fumés et était torse nu. J'entendais avec peine une musique, on aurait dit une marche militaire d'une autre époque. J'avais remarqué qu'il n'avait pas de tétons. Un torse lisse et très long, d'une blancheur maladive. Comme s'il avait rayé le devant de son corps pour s'oublier.

Trois années plus tard, je l'avais vu sortir de l'épicerie avec une bouteille de vin et, je crois, de l'assouplisseur textile. Il portait une minuscule chemise et un pantalon beige taché d'eau de Javel. Il semblait essoufflé et féroce. Il enjambait les fentes du trottoir comme s'il était pourchassé par la lave d'un volcan baveux. Il fabriquait des sons gutturaux comme on en retrouvait dans la préhistoire. J'étais persuadé qu'il respirait par ses yeux. Il avançait comme une vague déchaînée et faisait tout basculer sur son passage, les hommes, les enfants et les saletés de la rue. Une masse indestructible qui fonçait vers un grand choc. J'avais essayé de le suivre pour voir l'impact de son corps contre un autre, mais tous se déplaçaient par peur d'être gravement blessés. Il avait défait la rue et les trottoirs en une fraction de seconde pour se rendre directement chez lui. Depuis cette fin d'après-midi tourmentée, je ne l'avais plus vu circuler. Quelques personnes du quartier l'avaient aperçu l'hiver dernier. Il ne portait aucun vêtement, mais juste un tee-shirt et hurlait aux enfants de ne pas s'approcher de lui. J'avais aperçu son ombre derrière un rideau sale à maintes reprises alors que je marchais dans la nuit. Il était là, aux aguets, même lorsqu'il était enfermé dans sa demeure. J'avais cherché quelque temps à savoir son prénom... Je l'avais baptisé : « l'enfant glissant ».

Serait-il un jour lucide, cet enfant ? J'avais éteint la lampe de chevet sur ces dernières pensées et j'entrai dans un sommeil lourd et froid.

La matinée avait été longue et sans excitation. Je déambulais doucement d'une pièce à l'autre avec un goût amer dans la gorge et une haleine dégoûtante. Je voulais reprendre ma routine et j'en étais incapable, l'ombre cannibale me hantait. Elle savait se glisser dans mon mécanisme mental. Elle observait mes actes et scrutait mes pensées, et elle jubilait de me voir augmenter mon rythme cardiaque pour elle. J'en avais conscience, malheureusement. Pour la première fois, je m'ennuyais de mon défunt voisin. Nous n'avions rien en commun, il était là comme un simple voisin présent. Je ne pense pas que nous aurions pu devenir des amis, mais peut-être des connaissances... Cela n'aurait rien impliqué de personnel. Mais je devais me faire une raison, il était parti... Pourquoi s'attarder sur un souvenir qui de toute façon allait s'estomper rapidement, comme la journée de ma naissance ?

J'avais finalement décidé de quitter mon cocon. C'était une journée comme j'en avais déjà vu, avec un ciel dégagé, quelques nuages qui couraient après la lumière et un vent faible qui cherchait continuellement sa trajectoire à travers les immeubles de mon quartier. Je sentais que la neige défiait l'air glacé. Ils semblaient m'inviter à me joindre à eux. Après avoir pris quelques respirations, je remarquai une voiture bleu marine devant la demeure de l'ombre cannibale. Une automobile qui n'avait pas sa place dans le tableau de mon voisinage. Un engin massif et déconcertant. Sa plaque indiquait son origine : Akron, Ohio.

La voiture était garée là, sans conducteur, elle semblait reprendre son souffle, son énergie vitale. Qui attendait-elle ? Pourquoi devais-je m'attarder à ce bolide qui respirait l'air de mon voisinage ? Était-il en relation avec l'ombre cannibale ? Face à cette carcasse métallique et mobile, je sentais mon corps paralysé et fragile. L'engin avait des pneus gris et lisses, d'une grandeur et d'une circonférence qu'on voit rarement dans une vie. On aurait dit que ses pneus avaient fondu et qu'ils s'étaient remodelés à plusieurs reprises sur la longue route qui séparait ma ville de l'Ohio. Je m'étais décidé à m'approcher. J'étais incapable de marcher d'un pas régulier, je tremblais et bavais de sueur. À quelques pas du véhicule, ma vision cherchait du réconfort, elle ne trouvait aucune sécurité. Plus j'avançais vers lui, plus il reculait dans mon champ de vision.

Après l'avoir finalement touchée, une chaleur résonnait dans la paume de ma main. Ce qui me fascinait de l'automobile, c'est qu'elle n'avait pas de reflets. J'approchais ma figure du capot et je n'arrivais pas à voir ma lueur, ni même mon ombre. Elle ne renvoyait aucune image, aucune empreinte visuelle. Comme si elle ne voulait laisser aucune trace de mon passage sur sa vie. J'avais beau coller mon corps sur elle, rien ne s'enregistrait sur sa peinture. J'essayais de décoller ma masse d'elle, mais mon corps réagissait de façon violente avec le capot. En l'espace de quelques secondes, j'étais allongé vers le ciel sur la plaque d'acier qui gardait bien en sécurité le moteur du véhicule. Complètement aspiré par la couleur bleu marine, je retrouvais tranquillement ma salive à l'intérieur de ma bouche sèche. Je sentais dans mon dos la masse du moteur, sa puissance. J'imaginais que des chevaux piétinaient l'arrière de mes poumons pour remonter tranquillement vers ma gorge et mon cerveau. Ces chevaux laissaient derrière eux une énorme coulée d'huile et d'urine extrêmement brûlante, qui soudait mes voies respiratoires et mes yeux. J'étais le prisonnier de ce bolide, son repas pour qu'il puisse reprendre sa vitesse de croisière vers la destination finale. Quelques minutes après cette fusion forcée, mon corps avait décidé de glisser doucement vers l'avant du véhicule. Assis par terre, j'avais conscience que mes fesses brûlaient la neige sale, j'étais revenu à moi. Je sentais l'engin tout contre moi, les sourcils de ses phares soufflaient un vent frais et saccadé entre mes omoplates. Mon corps était stimulé et détruit. J'arrivais à présent à sentir l'historique de la voiture, sa naissance en banlieue de Detroit, son premier maître, un médecin de Pittsburgh qui s'était suicidé à l'intérieur d'elle, en s'asphyxiant avec un sac de plastique. Son deuxième détenteur avait été le gérant d'une pizzeria insalubre, qui se ruina dans un casino au Nevada. Plus son histoire se dessinait, plus la fatigue m'enveloppait, et je perdais doucement le déroulement de sa vie. Je me souviens que mon dos avait décidé de prendre appui sur le visage de la voiture. Au moment du contact de ma peau avec son nez, j'avais ressenti une succion qui avait dévoré tous les souvenirs que j'avais reçus d'elle. D'un seul coup, elle m'avait vidé. J'étais devenu complètement neutre et étranger face à elle. Je savais que je l'avais déjà rencontrée, mais dans quel lieu ?

Debout, devant elle, je n'avais plus rien à lui donner. Après un long regard en sa direction, j'avais décidé de rentrer à la maison.

Je laissais en moi une gaieté effrayante.

Je laissais en moi un souvenir inanimé.

Je laissais à la rue une autre souillure personnelle.

Je laissais à la rue ma mémoire brutale.

J'avais encore une fois laissé ma fragilité voler.

Cela faisait deux semaines que le voisin avait quitté notre quartier. La rue semblait ne se souvenir de rien, les arbres avaient continué à combattre la saison morte, le quartier semblait toujours se chercher sous l'épaisse couche de neige brune et, moi, j'essayais de continuer à vivre comme un être sédentaire. Il y avait plus de quatre jours que je n'avais pas aéré ma tête à l'extérieur. J'avais essayé de me convaincre que la température serait abominable dehors. J'avais tenu pour acquis que le seul fait de sortir de ma demeure serait fatal pour mon esprit.

Je devenais fou à rester enfermé. Il fallait que je sorte, mais pour quoi faire ? J'avais de la nourriture en quantité pour nourrir un pays du tiers-monde, j'avais de l'alcool pour mettre en péril l'organisation entière des Alcooliques anonymes, mais pourquoi vouloir abandonner mon fortin ? Avais-je besoin de souffrir encore une fois ? Cherchais-je à être la victime de l'ombre cannibale ? En essayant de ratio-naliser ces questions, j'avais déjà mes bottes aux pieds ainsi que mon manteau sur le dos. Je descendais les mar-ches intérieures de ma maison. Plus j'approchais de la rue, plus ma respiration semblait active et curieuse. Je quittais une noirceur chaude et humide pour une lumière brûlante et affectueuse. Mes pieds étaient soulagés de se frotter encore une fois à la neige sale. Comme s'ils ne s'étaient pas vus et touchés depuis une éternité. Une réunion physique entre mon corps et la nature urbaine.

Décidant d'interrompre les retrouvailles entre mes pieds et le sol, j'avançais d'un pas certain vers le bas de ma rue. Absolument rien n'avait bougé ou changé : les mêmes façades, les mêmes horreurs architecturales. Les bâtiments froids et fragiles attendaient que le printemps revienne pour faire fondre la merde blanche qui pesait sur leur tête. L'habitation de l'ombre cannibale était toujours à sa place, silencieuse et hypocrite. Elle fixait les passants et semblait indépendante, comme elle avait été construite. Un bâtiment qui occupait une raison d'être déterminée et précise dans une collectivité. Les briques sur la façade de la maison étaient d'un rouge feu. Jamais je ne m'étais attardé sur ces briques. Il devait y en avoir des milliers, collées les unes contre les autres. Quelle avait été la première brique posée sur ce mur ? Qui l'avait choisie ? Tant de questions pour éviter de sentir sa couleur rouge feu.

Comme si je voulais fuir le vrai propos angoissant. Pourquoi encore une fois douter devant cette habitation ? J'avais tout à fait le droit de marcher et de respirer dans ma rue sans être foudroyé par cette demeure. C'était une maison, et, moi, j'étais un homme. Nous ne pouvions pas discuter, échanger ensemble. Elle ne pouvait pas faire rouler une pensée.

Elle n'était pas vivante.

L'ombre cannibale pouvait me terroriser, mais pas sa demeure. C'était un bâtiment sale, petit et sans émotion. Je n'avais jamais eu peur d'une maison, et ce n'était pas aujourd'hui que j'allais commencer. Je me souvenais d'une maison dans mon enfance, une petite bâtisse abandonnée au bout d'un pont. Je m'imaginais mille et une histoires, un tueur caché dans ses murs, un mort vivant qui déambulait dans la cave, des rats qui attendaient que quelqu'un pénètre en ce lieu pour foncer sur lui et le dévorer... Mais j'étais un enfant qui débordait d'imagination et qui voulait vivre quelque chose de plus puissant que ce que la vie lui offrait à l'époque. J'étais un enfant. À présent, j'avais peur.

J'avais peur d'elles, de la maison et de l'ombre cannibale.

J'avais peur de moi.

J'avais, j'avais...

J'avais une vie quand j'étais enfant.

En terminant la vaisselle du repas du soir, j'avais une tristesse en moi. Je ne savais pas par où elle était arrivée. Elle m'habitait fièrement. Après avoir tout rangé, j'avais décidé de fumer une cigarette sur le balcon arrière. J'avais besoin d'une dose de nicotine sous le ciel bleu marine de la nuit. J'essayais, avec l'expiration de la fumée, de pousser ma tristesse vers les cieux. En regardant les nuages patiner vers la droite, j'avais eu envie de pleurer. Je savais qu'en pleurant j'aurais mal un certain temps, et puis le tout disparaîtrait rapidement. Mais comment pleurer ? Il fallait que je fasse monter l'émotion vers ma gorge et mes yeux. Il fallait agir. Mais après quelques inhalations, et devant ce ciel, ma peine ne se déployait pas. Elle était figée dans le centre de mon ventre et respirait au même moment que moi. Nous étions synchronisés. Après avoir jeté mon mégot au sol, j'avais mis mes deux mains sous mon manteau juste un peu au-dessus du nombril. Je voulais accompagner cette tristesse vers le haut de mon corps. Lui indiquer la route, monter vers la gorge en évitant les poumons, et surtout ne pas toucher le cœur. Il était trop fragile. Mes doigts froids se faufilaient sur mon torse, mes paumes tiraient l'arrière de la douleur vers la sortie souhaitée. Mais l'angoisse était collée sur les parois de mon bassin. Elle ne voulait pas démordre de ma fondation osseuse. Elle était au chaud et voulait y rester. Pourquoi la bousculer ? En crachant mes poumons vers le sol, j'avais décidé de rentrer et de la laisser seule. Une action de trop et je mettais tout en péril, m'étais-je dit. On ne peut pas forcer un homme triste à se jeter dans nos bras quand il ne nous connaît pas, c'est une loi non écrite.

J'avais décidé de rester allongé toute la journée. Je voulais passer du temps avec moi-même, je souhaitais faire place à du calme. Quoi de mieux que de se donner à soi ? J'avais envie de rêver éveillé, de me projeter dans un futur, de ne pas angoisser pour une courte période. La volonté qui m'habitait était d'une tendresse innocente, d'un goût agréable. La nuit et le sommeil avaient été doux envers ma personne. J'étais fébrile à l'idée de m'imaginer une vie, une raison d'être en dehors de mon quartier. Je ne désirais pas l'aventure aux quatre coins du monde, mais un avenir serein, à l'image de la nature qui habitait mes souvenirs. Être calme et souriant devant une forêt, être debout, et n'avoir besoin de rien d'autre dans cet état. Simplement regarder, respirer et sentir ce lieu. Laisser le passé et les souvenirs à la ville, donner la chance aux arbres et au vent de recréer une musique, encourager les oiseaux à donner le tempo et m'inclure dans le mouvement.

Je serais présent avec une femme et sa beauté. Ensemble, nous pourrions tracer une trajectoire différente pour le soleil, lui faire emprunter un chemin qui mettrait la forêt en valeur. Redonner une nouvelle couleur aux arbres. Nous avancerions tranquillement vers le cœur de cette forêt. Nos regards se faufileraient entre les feuilles et les racines, ils glisseraient vers un petit marais. Ils embrasseraient un énorme héron qui perd l'équilibre sur un rocher. Nous serions heureux et attentifs, la femme et moi. Aucune parole ne serait nécessaire, nos sens animeraient la promenade. La pénombre venue, nous demanderions à la lune de nous réchauffer et de nous transporter au sommet d'un gigantesque sapin pour que nous puissions y dévorer les étoiles. Il y aurait naissance d'un amour dans cette hauteur et ce magnifique vertige. Elle et moi, nous toucherions à sa beauté. Quelques enfants naîtraient peut-être de cet acte. Je l'aimerais, sans aucun effort. Il faudrait qu'elle accepte de se faire aimer... J'allais essayer d'y croire.

À elle.

À ce rêve.

À ma vie.

Je sentais mon corps qui flottait avec la chaleur des couvertures. Je respirais un état de grâce au centre de mon lit.
J'aimais cette position allongée. Je ne sentais plus la
faim, la soif. Je voulais emmagasiner mon bonheur. Me
souvenir.

Me souvenir d'une chambre,
d'un logement,
d'une rue,
d'une façade de maison,
des intempéries,
des femmes,
de la mort,
des enfants,
de la lumière d'une journée,
de l'insomnie,
de la terreur,
de ma bêtise,
de ma foi,
de ma voix,
du bruit,
de mon bruit,
de la musique,
de l'eau,
du silence,
de mon sang,
d'un mariage,
de l'humidité,

des oiseaux,
du froid,
de ma famille qui n'existait plus,
d'une croix,
d'un enfant.
Me souvenir, encore et encore.
Une autre journée avait disparu sans laisser de traces.

Lors d'une des rares nuits, j'avais rêvé. Un mélange de douceur et d'effort physique. Au réveil, une multitude de photographies circulaient dans mon esprit. Les images se côtoyaient et se répondaient dans un silence aérien : un visage inconnu souriait devant un paysage en noir et blanc ; une main plongeait dans une bouteille de vin ; un poil glissait sur une paire de lunettes ; une forêt s'inclinait devant un petit animal. Mes muscles faciaux avaient masticqué ces images toute la nuit. Ma mâchoire aurait voulu se reposer davantage en ce début de matinée. La faim m'interpellait bruyamment et avec conviction.

Ce matin-là, j'avais un rendez-vous avec un vieil ami. Nous avions convenu de nous raconter nos vies depuis notre dernier échange, qui remontait à huit mois. J'étais sans volonté devant l'idée de quitter mon logement pour cette discussion. Je savais qu'il serait en retard, qu'il parlerait haut et fort de son emploi du temps chargé, de sa fortune, de ses prouesses sexuelles... J'avais pensé lui téléphoner pour lui annoncer que j'étais malade ou blessé, que mon corps était couvert de meurtrissures, mais élaborer ce mensonge demandait de la préparation et du temps. Je devais sortir mon être de ce refuge et foncer vers notre lieu de rencontre.

Après une remise en état complète de ma personne, je quittai donc mon quartier pour lui. Le froid du mois de janvier était d'une rare violence pour mon corps. Mes vêtements fendaient à chaque pas. J'avais décidé de remonter ma rue vers le nord pour attraper l'autobus. Partager ma route avec la collectivité, ne pas être seul sur le chemin. J'éprouvais un besoin de regarder les gens. Nous étions une dizaine de passagers qui ne parlaient pas. Nous écoutions les caprices et le ronronnement du véhicule. J'étais assis vers l'arrière de l'autobus et j'observais les corps des usagers. Il y avait un homme de petite taille qui semblait prier sur ses genoux. À sa droite, de l'autre côté de l'allée, une dame était ensevelie sous des tonnes de sacs de papier brun. Elle transportait des victuailles, on aurait dit qu'elle se préparait à hiberner. Derrière elle, un jeune homme dans la vingtaine dont la jambe gauche sautillait de façon déconstruite et répétitive. Il avait sur ses oreilles des écouteurs qui crachaient un son rythmé. Son regard était fixe et puissant. Je ne sais pas pourquoi, je le craignais. Il semblait prêt à bondir.

Une concentration l'habitait. J'essayais de détourner mon œil gauche vers l'extérieur pour ne pas le dévisager des deux yeux, mais j'en étais incapable. Je ne crois pas qu'il sentait mon regard. Il avait entre ses mains un journal froissé et minutieusement roulé. Il tenait le quotidien comme une torche. Le son grave se déversait de ses écouteurs, le bruit du moteur de l'autobus perdait son volume sonore, et je commençais à me laisser prendre par un vertige. Je ne savais pas du tout où j'étais, je ne reconnaissais plus les noms des rues, ni les couleurs du quartier où je me trouvais, je me laissais transporter vers l'inconnu.

Je repris mon souffle. Le jeune homme s'était levé et me regardait avec sa torche dans la main droite. Il prit une allumette et alluma le papier. Une petite flamme dansait. Il était immobile et il me fixait. J'aurais voulu ouvrir la fenêtre de l'autobus, mais il n'y avait aucune ouverture près de moi. Je n'arrivais pas à apercevoir son visage avec cette fumée bleue qui commençait à envahir l'intérieur du véhicule. En penchant ma tête en avant pour trouver de l'oxygène, j'entendis sa voix. Une voix saccadée. Je n'arrivais pas à saisir tous les mots, mais ils étaient pour moi. Les autres passagers n'entendaient absolument rien, l'action se déroulait derrière eux. Rapidement, je ne vis plus rien. Parmi les sons émanant de la bouche du jeune homme, je captais des mots. J'avais compris que j'étais une espèce de Roi mage qui venait lui annoncer sa naissance, je lui donnais la possibilité d'être. Je devais orchestrer sa venue, lui donner un chemin pour qu'il puisse me trouver. Il m'attendait depuis plusieurs années. Il m'avait enfin trouvé. J'aurais voulu lui adresser la parole. Je voulais qu'il sache que je ne pouvais rien pour lui. Il devait continuer seul et espérer trouver un autre guide spirituel dans cette ville ou ailleurs. Je n'avais pas la force de l'écouter, lui ou n'importe qui d'autre. Il fallait qu'il me comprenne sans que j'ouvre la bouche.

L'autobus s'arrêta doucement. Le chauffeur céda sa place à un autre conducteur. J'essayais d'apercevoir les deux hommes à l'extérieur. Ils discutaient beaucoup plus avec leurs mains qu'avec des mots. En ouvrant la porte de l'autobus, c'était comme si le chauffeur demandait poliment à la fumée de le suivre. La fumée bleue quittait l'arrière du véhicule en se frottant contre les fenêtres gelées. En quelques secondes, l'oxygène était de nouveau stable. Les passagers étaient à leur place. Le jeune homme était de nouveau assis et se laissait bercer par sa musique. Il n'avait plus de journal entre ses mains et sa jambe ne sautillait plus. Je sentais en moi une fatigue, un décalage horaire, une pesanteur. C'était décidé, je devais bouger, réactiver le flot sanguin dans mes membres inférieurs. Mes genoux avaient pris le contrôle. Sans le vouloir, je sortis de l'autobus. Mon corps avait besoin d'action. L'autobus, lui, repartit vers le nord. Je pris la direction ouest. Mes pieds demandaient à mon rythme cardiaque d'accroître son tempo. Je courais entre les voitures stationnées. Je sautais les bancs de neige comme un forcené. L'air froid me pourchassait avec difficulté. Les arbres n'arrivaient pas à me suivre, ils abandonnaient leur course l'un après l'autre. Mon esprit épousait la cadence de mon corps. Après vingt minutes de folie physique, je pénétrai de nouveau dans mon quartier qui semblait complètement frigorifié. En ralentissant mes pas et en crachant mes poumons, je ressentis une joie mêlée de larmes de peur. J'étais heureux de revenir vers un lieu que je connaissais. Après la peur que je venais d'éprouver, je me disais que plus jamais je ne pourrais abandonner mon quartier. Je n'avais plus la force de le quitter. De grands tremblements, des visions d'horreur me poussaient à ne plus le délaisser. Je devais y rester. C'était terminé pour moi, les escapades. En reprenant un semblant de souffle, j'avais l'ombre cannibale en tête. Est-ce que c'était elle qui avait pris le contrôle de l'illuminé dans l'autobus? Me poussait-elle vers elle? Peut-être fallait-il que je lui demande la permission pour sortir du quartier? La pénombre glaciale de cette fin d'après-midi me regardait avec pitié. Je devais retrouver la chaleur de mon appartement pour reposer ma carcasse meurtrie.

En regardant par la fenêtre givrée de ma chambre à coucher, je savais que le quartier avait changé. Les habitants étaient sur leurs gardes. Depuis que le voisin avait été remplacé par l'ombre cannibale, les gens n'étaient plus en sécurité. Autrefois, on apercevait des adolescents qui circulaient à vélo ou en planche à roulettes, on entendait des animaux crier pour délimiter leur territoire, les enfants s'amusaient à sonner aux portes et ils s'enfuyaient en courant pour se cacher derrière une voiture garée dans l'espoir de voir un voisin se faire prendre au piège. La rue était animée et vivante. En ce début de nuit, je sentais la terreur qui avait trouvé logis dans mon espace personnel.

Pourquoi étais-je venu m'installer dans ce quartier ?

Qui avait changé le cours de l'histoire de ce quartier ?

J'avais besoin d'aide.

La nuit amenait tranquillement un semblant de calme dans le quartier. Ma respiration était lente et triste. Je laissais mes souvenirs me hanter. Ma jeunesse, mes années au collège, le pensionnat, les élèves, mon éducation, le plancher de bois du dortoir. Les nombreuses nuits dans un minuscule lit avec son cadre de métal, à entendre les autres garçons ronfler et rêver. La pièce fermée au bout du dortoir, c'était la chambre de notre surveillant, le frère Fulton. Un homme obèse et terriblement seul. Il surveillait nos vies et nos rêves dans la noirceur de cet antre.

À un certain moment, je m'étais retrouvé dans sa chambre, qui lui servait aussi de bureau. Je ne sais pas pourquoi, mais je devais discuter avec lui de mes nombreux retards à la cafétéria. Il fallait que je m'explique. Mais je ne pouvais pas, nous étions dans une partie de poker. Il fallait jouer avant de débattre de ma gestion du temps. La chambre du frère était isolée et près du grenier. Je me souviens aussi qu'il avait une énorme ceinture autour de la taille. Derrière lui, sur le mur, reposait une vieille carabine. Troublé par mes observations, je perdais chaque main. La lumière de la chambre était tamisée et sournoise. Le frère Fulton fumait des gitanes blondes sans filtre. On entendait en sourdine un mauvais enregistrement du *Canon* de Pachelbel. Il y avait un orage à l'extérieur, les arbres hurlaient comme une chorale sans voix féminines. C'était à mon tour de miser. J'hésitais. Le frère avait décidé de se lever et de s'étirer les bras. Il caressait le crucifix qu'il portait au cou. Je savais qu'il me regardait, mais il avait les yeux fermés. Le bras du tourne-disque glissait et pénétrait le disque avec détermination. Je devais jouer. Les doigts de la main droite du frère étaient jaunis. Il aimait laisser ses cigarettes s'éteindre entre ses doigts. Jouer, je devais jouer. J'avais l'impression que le frère suçait à présent deux bonbons à la menthe. Je sentais que les friandises restaient collées à l'intérieur de ses joues. L'ambiance de la nuit montait vers le haut de la pièce. Jouer. Il me dévisageait en fixant mes aisselles.

« Quand on pense à Dieu, si on y pense vraiment, on débouche sur une existence... Veux-tu penser à Dieu avec moi?... »

Jouer aux cartes ?

L'écouter me parler de Dieu ?

Penser à Dieu et aux cartes ?

« L'âme connaît Dieu quand elle se détache du monde extérieur par l'action de se vider... afin de s'intérioriser. »

Penser, écouter et jouer.

Je devais décider avant la première ardeur du jour.

Je devais vaincre mon esprit ensommeillé.

Vouloir me réveiller, me retirer.

Après avoir fermé les yeux légèrement, j'avais chassé les vapeurs de la joute. J'étais seul dans le dortoir avec les lits des autres. Toutes les couvertures étaient pliées et semblaient nerveuses de me voir dans cette grande pièce. Je ne voulais pas me lever, j'étais paralysé.

Une matinée sans odeur planait dans le corridor de mon habitation. Une journée neuve qui demandait à être stimulée. Il me restait des clichés en tête, des spasmes du frère Fulton. J'aurais voulu le contrarier, le mettre en rage dans sa chambre, le défier. Pourquoi avais-je figé devant lui ? Je sentais une énorme frustration qui circulait en moi, qui demandait à abattre une victime, qui exigeait un règlement, un décès.

J'essayais de m'affranchir des souvenirs du collège pour me concentrer sur le présent. Je déambulais dans mon logement en me demandant pourquoi j'avais glissé vers le frère Fulton. Peut-être était-il décédé depuis peu ? Essayait-il de rentrer en contact avec moi par des signes que l'esprit de Dieu aurait pu laisser dans mon logement ?

J'avais décidé de sortir sur mon balcon arrière pour griller une cigarette. En crachant la fumée vers le ciel, j'espérais dormir profondément cette nuit-là.

J'avais finalement eu une pause réparatrice que mon corps exigeait. Un sommeil sans rêves, un repos physique complet. Allongé sur le dos, je scrutais le plafond de ma chambre. La peinture manquait à plusieurs endroits. Dans un de ces espaces, j'imaginais la figure du frère Fulton. Son histoire me revenait tranquillement. Je me souvenais de la première rencontre avec lui. Il célébrait une messe dans un sanctuaire extérieur, à l'arrière du collège. Un lieu magnifique, au pied d'une montagne. L'autel, immense, était en pierre massive. La célébration devait nourrir les souvenirs des frères qui avaient quitté le monde des mortels. Le frère Fulton portait une grande chasuble rouge et noire. Des mots latins sortaient de sa bouche. Il s'adressait à une trentaine de personnes âgées. La foule buvait le souffle et les silences du frère. Elle voulait être en fusion avec le corps de Fulton. J'étais derrière un arbre minuscule et j'observais la communion du prêtre et de la foule.

Après l'Eucharistie, tous étaient agenouillés, silencieux. À travers les arbres, un chant s'était fait entendre. Des voix d'hommes s'élançaient de la montagne vers les fidèles. J'assistais à un spectacle sacré. Une explosion de sons et de lumières enveloppait le sanctuaire. Le frère Fulton était au-dessus de cette immense cérémonie, ses bras dirigeaient le tempo du chant et ses yeux aspiraient la foi de ses spectateurs. Le chant grégorien qui coulait de la montagne rivait mon corps au sol. Les voix magnifiques glorifiaient le frère Fulton. Elles remplissaient l'espace et éloignaient même les mouches qui traînaient sur les rebords de la poubelle à l'entrée du sanctuaire. Je me sentais en sécurité parmi ces voix. Je respirais profondément et profitais pleinement de ce moment de grâce.

Cette messe semblait durer une éternité. J'observais la foule qui transpirait et qui s'abandonnait corps et âme sous les cieux. L'adolescent que j'étais pressentait les demandes des fidèles à l'Être suprême. Parmi eux, il y avait une jeune femme d'origine asiatique. Son dos était cambré et on aurait dit qu'elle n'avait pas d'épaules sous son cou. Elle portait de grandes lunettes qui allongeaient son visage doré. Elle semblait nerveuse, debout devant l'autel. Ses bras allaient et venaient du sol au ciel, comme si elle voulait tracer un chemin entre elle et Dieu.

Des larmes coulaient sous ses lunettes. Je sais que ses larmes étaient froides. J'aurais voulu toucher à ce liquide glacé, mais les voix d'hommes m'en empêchaient. Je ne pouvais répondre à l'appel de cette femme sans subir les conséquences de mes actes face à Dieu. Le frère Fulton s'était approché de la jeune Asiatique. Il avait saisi ses bras pour les tendre vers l'obscurité de la nuit. J'avais décidé de ne pas être le témoin de ces manipulations physiques ; il était temps pour moi de regagner le dortoir du collège.

Mon regard s'était fixé sur la fenêtre de ma chambre à coucher. Il devait être neuf heures du matin, au plus tard. Je devais manger, j'avais l'estomac creux.

La première cigarette de la journée était affreuse et étourdissante. Ma vue avait de la difficulté à trouver son équilibre sur le blanc de la neige. Le froid et l'humidité brûlaient mes yeux. J'avais essayé à quelques reprises de fermer mes paupières pour réchauffer ma vision. En écrasant le mégot dans le cendrier, j'observais un enfant dans la ruelle arrière, un jeune garçon qui devait avoir au plus dix ans. Ma première réflexion était de savoir ce que faisait un jeune dans la ruelle au lieu d'être confortablement assis au chaud sur un banc d'école. Il était légèrement vêtu. Il portait un jean gris et un simple chandail qui semblait trop petit pour lui. Ni bonnet, ni gants, ni foulard ne le protégeaient du froid. Il était appuyé contre une vieille porte de garage et attendait. L'anxiété traçait tranquillement son chemin entre mon cœur et mon esprit. Mon petit déjeuner se débattait avec les parois de mon estomac. Il me fallait fumer de nouveau. Quand j'actionnai mon briquet, l'enfant me regarda. Il m'observait, assis à cheval sur la clôture de ma cour. Comment avait-il pu, en une fraction de seconde, se retrouver dans cette position ? Je n'osais pas allumer une cigarette par crainte de le quitter du regard. J'avais peur qu'il se rapproche de mon corps. Ses yeux évoquaient le calme que la mort fabrique sournoisement. Tout en continuant à le fixer, j'avais allumé ma cigarette. Son ombre était immense, elle faisait de cinq à six fois sa taille.

— Est-ce que... As-tu besoin d'aide ? lui avais-je demandé.

Tranquillement, sa tête se pencha vers le sol. On aurait dit que son corps perdait toute vigueur. Je voyais ses expirations s'envoler dans un nuage gris et consistant. Je devais reformuler ma question, d'une manière moins agressive.

— Voudrais-tu que... ?

Le garçon s'était laissé tomber en bas de la clôture du côté de la ruelle. Je n'arrivais plus à le voir. J'apercevais uniquement le nuage de ses expirations qui flottait au-dessus de lui. Il me fallait quitter mon balcon, descendre une marche à la fois, et me diriger vers le lieu de sa chute.

Un tremblement parcourait mes jambes. Pourquoi le rejoindre ? Au centre de la cour, je n'arrivais pas plus à le voir. L'humidité brûlante de son haleine formait toujours un léger nuage au-dessus des planches de bois de la clôture.

— Petit garçon ?

Aucune réponse, aucun bruit provenant de la ruelle. J'étais le seul à m'adresser à un enfant qui ne voulait pas me répondre.

En m'agrippant au bois de la barrière, j'allongeai mon cou pour l'apercevoir. Son corps n'y était plus. Il n'y avait qu'un trou de la forme d'un enfant dans l'épaisse neige grise. Mon repas matinal ne demandait qu'à s'étendre sur le grand tapis blanc de la cour. Une pression crânienne me balança de l'avant vers l'arrière. J'essayai de rester droit et grand dans le froid. Il me fallait ouvrir la minuscule porte pour me retrouver dans la ruelle. Agenouillé devant le petit cratère, je cherchai l'enfant. Je cherchais une seule réponse à mes questions lancées vers lui. En délaissant l'antre du gamin, j'avais remarqué des traces de pas qui aboutissaient plus loin, à trois maisons au sud. J'avais décidé de laisser les traces disparaître dans la zone de l'ombre cannibale. L'enfant était déjà décédé pour moi. À l'instant où il avait quitté ma clôture pour s'effondrer entre chez moi et chez l'ombre cannibale, il avait signé son arrêt de mort. En remontant péniblement les marches de l'escalier de fer de ma résidence, j'avais l'ultime sentiment que je devais cesser de fumer.

La matinée s'éteignait tout doucement dans mon appartement. Je n'avais absolument rien fait de concret. Je déambulais d'une pièce à l'autre en regardant à l'occasion vers
la ruelle. Aucune apparition de l'enfant. Son image me
ramenait à d'autres souvenirs flous du temps où je vivais
au pensionnat. Les moments de repos que nous avions
avant la période d'étude du soir, nous les passions à l'intérieur d'une pièce exiguë. Une trentaine de jeunes y
fumaient, y jouaient aux cartes. Un petit nombre écoutait
la télévision, le volume à fond. Un vrai désordre animait le
lieu. Un des jeunes étudiants avait un handicap aux jambes
et devait se déplacer en chaise roulante. Un adolescent
calme, mais qui désirait à tout prix être aimé de tous. Il
arrivait souvent qu'il soit la tête de Turc du groupe. Les
étudiants s'amusaient à ses dépens. Je me laissais parfois
influencer par eux et prenais part aux mauvais coups.

Un certain soir de novembre, je me souviens d'avoir
volé la chaise roulante. Nous étions attablés dans notre
salle de jeu, quand l'idée d'emprunter la chaise roulante
me prit. Sans aucune raison, je voulais essayer le moyen de
transport du jeune estropié. Je ne me rappelle pas si je lui
avais demandé la permission d'utiliser son engin ou non.
J'avais la furieuse envie de parcourir les couloirs du collège
à toute vitesse. Ses yeux, sa figure, son corps rigide n'ac-
ceptaient aucunement cet emprunt forcé. Il essayait avec
l'aide de ses bras d'empêcher la chose. Des bras venus de
toute la pièce enveloppaient la victime pour que je puisse

disparaître librement hors de son champ de vision. Roulant à vive allure, j'avais le sentiment de planer dans l'étroitesse des grands couloirs. Ma sueur n'arrivait pas à perler sur les murs tant ma rapidité était stupéfiante. L'écho des voix de mes complices qui couraient derrière moi, la sensation du vent qui fendait mes cheveux et asséchait mes yeux... j'approchais d'une euphorie totale ! Je roulais à un train d'enfer quand survint l'impact violent.

Le réveil de ma conscience fut extrêmement douloureux. Je gisais dans l'escalier et mon sang avait été éjecté de mon nez sans avertissement. Les os de mes jambes venaient de subir un choc incroyable. Ma souffrance cherchait de l'aide.

Quand j'ouvris mes yeux, je vis un attroupement plus haut. J'entendais des rires mêlés à des insultes. En penchant ma tête vers le bas des marches, je découvris le fauteuil qui avait perdu une roue et dont l'autre était toute repliée sur elle-même. Je sentais l'escalier qui prenait plaisir à ma chute. Les marches avaient avalé le bolide en l'espace d'un éclair. Mon regard était braqué sur le métal tordu du fauteuil et j'entendais les clameurs accusatrices. Dans cet étourdissement, je n'avais eu aucun remords pour le jeune handicapé. Je venais de détruire son moyen de locomotion et aucune forme de regret ne me hantait. Est-ce que je venais de perdre le peu de compassion que je possédais ?

Quelques mois plus tard, une honte s'installa en moi, et je la porte depuis.

J'étais assis à la table à et je contemplais le mince filet de fumée qui s'envolait de la cigarette. Mon repas descendait lentement vers mon estomac. J'étudiais les volutes grises. En laissant la fumée se faufiler à l'intérieur de mes narines, je sentais une mélancolie se créer en moi. Je souhaitais de l'aide. Comment être aidé quand on ne connaît personne ? Avec une grande lâcheté, le mégot fut écrasé sur le reste des pâtes qui traînaient dans l'assiette. La seule force qu'il me restait était de déposer ma tête sur le bord de la table. J'espérais que le sommeil me trouverait.

Le réveil avait été brutal. Ma boîte crânienne voulait éclater. Je ne savais pas si c'était la sieste ou tout simplement le fait d'avoir posé ma tête sur le bois dur de la table, mais une pression désagréable voulait fendre mon front. J'avais gardé cette position pendant une heure. Mon premier réflexe pour fuir mes stupides questionnements avait été d'allumer une cigarette. La fumée me rassurait. Longtemps, j'avais cru que la fumée pourrait me sauver de tout. Je me rappelle qu'il m'arrivait de souhaiter que les sensations nées de la fumée de haschich me sauvent de ma propre personne. Je voulais tant me quitter à une certaine époque. Je voulais vivre, mais pas dans un lieu. Je croyais que le haschich m'indiquerait une direction à suivre. Au collège, il m'arrivait d'en abuser. Pour supporter une activité insignifiante que le comité étudiant me proposait, je fumais. Je me rappelle que le comité m'avait demandé d'animer un défilé de mode pour promouvoir d'horribles robes de bal ainsi que d'affreux smokings en vue du bal des finissants où chacun devait être à son plus beau. Me voir vanter tel vêtement ou tel accessoire ridicule, quelle hérésie. Pourquoi avais-je accepté cette mission ?

Quelques instants avant le début de la soirée, j'étais complètement intoxiqué. Je savais que sept à huit cents personnes se trouveraient devant moi pour écouter des propos sur les qualités des tissus des robes et des vestons. J'avais peur que ma nausée détrempe le défilé. Je devais me concentrer sur les phrases que j'avais à prononcer.

Je regardais les mots se bousculer sur le carton qui me glissait entre les doigts. Je cherchais à me concentrer malgré les murmures des spectateurs. Je savais qu'il fallait me présenter à eux, habillé comme lors d'un jour de messe. Les vêtements que les organisateurs de l'événement m'avaient imposés me brûlaient l'épiderme. J'étouffais, ma respiration n'avait plus un rythme régulier. Je ressentais en moi un affaissement terrible. Ma peau était grise et demandait à être écorchée sur-le-champ. Un des responsables de la soirée m'avait poussé vers le centre de la scène, mais mon esprit était resté dans les coulisses. Un profond engourdissement s'était emparé de mon corps. Malgré toute la volonté du monde, j'avais régurgité sur le devant de la scène ainsi que sur la première rangée de spectateurs. Je savais que mon liquide bouillant avait laissé sa trace sur chacun.

J'avais vomi avec mon corps et non mon esprit, qui était toujours dans les coulisses. Je n'osais pas ouvrir les yeux, la réaction sonore de la salle était suffisante. J'avais gardé en mémoire ma chute, ma descente vers le sol de la scène. Mon visage s'était écrasé sur le plancher, mais je n'arrivais pas à ressentir de la douleur, de la honte ou même de la peur. Était-ce parce que mon âme gambadait entre les pendrillons et les cordages des coulisses ?

Durant ma nuit à l'infirmerie du collège, j'avais cherché à réunifier mon corps et mon esprit. Je vivais ma première anomalie spirituelle dans le petit lit métallique à côté du bureau de l'infirmière.

Il était vingt heures et il me fallait manger. J'étais étourdi et des crampes me rappelaient que j'avais un corps à entretenir. J'étais fatigué et je n'avais aucune envie de me préparer un repas. J'avais en moi un grondement. J'avais passé la journée à me rappeler, à évoquer des souvenirs, à souffrir dans des errements qui me ramenaient à ma vie au collège. Cette énorme bâtisse qui avait fabriqué mes joies et mes peurs d'adolescent. Dans ce collège, un homme m'avait fasciné, le frère Fulton. Un type qui adorait la nature autant que son ordre religieux. La nature répondait à sa soif de sacré et, dans sa fonction de religieux, elle était sa récompense. Il pouvait passer des heures et des heures à marcher dans la forêt et dans la montagne qui encerclaient le collège. Il croyait qu'en marchant ainsi il réussirait à capter tous les moments magiques que les saisons offraient.

Du temps que j'étais étudiant, je crois qu'il était un homme heureux. J'aimais l'observer lorsqu'il célébrait la messe. Quand nous étions dans la chapelle du collège, ses sermons étaient peu animés, il cherchait à enflammer nos cœurs par son message, mais nos cœurs semblaient insensibles. Je me souviens que cela le fatiguait énormément. Il suait abondamment dans sa chaire. Quand le printemps arrivait, la messe avait lieu dehors, au pied de la montagne, dans le sanctuaire. Les mots, les gestes du frère Fulton prenaient des proportions démesurées en pleine nature. Il devenait une ombre gigantesque qui pouvait rivaliser avec les plus grands arbres qui se dressaient au pied de la colline. Je n'ai jamais su où il trouvait son énergie quand il célébrait l'office à l'extérieur.

Le frère Fulton avait une petite charpente osseuse à laquelle un considérable abdomen s'était greffé au fil des années. Je n'arrivais pas à comprendre pourquoi il avait un ventre aussi énorme avec les heures marchées qu'il affrontait à chaque journée. Cet homme me mystifiait. Il nous arrivait d'avoir des discussions sur tout et sur rien, comme peuvent en avoir tout enseignant et étudiant. Je crois que j'aurais aimé en savoir plus sur lui, du temps que je fréquentais son établissement. Quelques années après ma sortie du collège, nous avions commencé une relation épistolaire. Je lui faisais part de ma vie en ville, et lui me répondait que sa nature – il aimait dire à tous que la nature était sa nature – se portait bien.

Cet échange avait duré quelques années. J'éprouvais du plaisir à lui détailler le contenu de mes cours à l'université, à me plaindre de la mauvaise pédagogie des enseignants, de l'énorme paresse intellectuelle des étudiants... Je pouvais me confier à quelqu'un qui ne porterait aucun jugement. J'étais bien dans ces échanges avec le frère Fulton.

Il y avait plus de cinq ans que je n'avais rien reçu de lui. Je savais qu'il avait dû quitter le collège de façon urgente pour Haïti, afin d'aider un père dans l'élaboration de programmes d'études, mais son départ précipité était resté nébuleux pour moi. Il devait séjourner pour plusieurs mois. Six mois après son départ, j'avais recommencé à lui écrire. Quelques semaines après l'envoi de cette lettre, j'avais reçu un accusé de réception du secrétariat du collège. Un mot dactylographié qui mentionnait que le frère Fulton était absent pour une période indéterminée. Un mois plus tard, j'envoyai une nouvelle lettre au collège. Je reçus la même réponse que la première fois. Je me disais que soit le frère Fulton était toujours dans son île du Sud, soit il était de retour et qu'il devait être alité pour soigner une maladie ; voilà pourquoi je ne recevais rien de sa part. Imaginer le lieu où se trouvait le frère Fulton ou sa situation me déroutait à l'occasion. Si lui ne pouvait m'écrire, il y avait une cinquantaine de frères et de pères dans son établissement qui auraient pu prendre la peine de m'en aviser. C'était la moindre des choses pour un ancien étudiant que de lui répondre.

Je quittai ma demeure pour aller acheter des cigarettes et le vent qui soufflait était doux et humide en cette soirée hivernale. Une brise cherchait à éclairer la noirceur de ma marche. Le quartier me semblait calme. Dans la maison de l'ombre cannibale, aucune activité. Malgré l'air plus chaud qui flottait dans la rue, cette demeure évoquait la froideur.

L'ombre cannibale avait-elle pris un peu de repos ? Au fond de moi, je la remerciais de me donner un sursis. Elle me laissait la chance de sortir et de prendre l'air pour une deuxième fois ce jour-là. Ni elle, ni l'enfant du froid ne s'amuseraient avec moi.

J'avais le combiné du téléphone dans la main et j'attendais que quelqu'un me réponde. Il me fallait savoir où il était. J'avais passé une journée à me redessiner son visage et sa stature. On me devait une réponse. Alors que j'allumais une cigarette, une voix grave et extrêmement posée se fit entendre. Est-ce que je devais parler en premier ou attendre de savoir à qui je m'adressais ?

— Bonsoir, frère Charlebois à l'appareil.

Sa voix fit vibrer mes vertèbres. Un son qui rappelait cent millions d'années de souffrance. Ma ceinture écrasait mon ventre vide. Je devais répondre.

— Bon... Bonsoir... Puis-je parler au frère Fulton, s'il vous plaît ?

Un long temps sépara ma demande de sa réplique. Dans ce silence, je perçus son cœur qui battait de façon anormale. Sa respiration semblait s'échouer dans sa bouche. Après une quinte de toux, sa voix avait perdu du volume.

— Le frère Fulton est décédé. Il nous a quittés l'année dernière en Haïti. Puis-je demander qui appelle ?

Il était mort.

— Si vous voulez me donner votre nom, je prierai pour vous, monsieur.

Dans un élan brusque, j'avais lancé l'appareil téléphonique dans le salon avec la dernière question de mon interlocuteur. Après avoir ouvert une bouteille de vin, j'allumais une autre cigarette. Un vertige se glissa en moi. Gorgée après gorgée, je lui tenais tête.

La sonnerie de la porte me traversa le corps en ce début d'avant-midi. Ses vibrations sonores m'abattaient chaque fois. Mon haleine, mêlée à l'odeur du cendrier et des restes d'une boîte de conserve de thon, aurait pu mettre fin à n'importe quelle espèce vivante. Le relent qui émanait de la cuisine était violent et destructeur. La sonnerie résonna de nouveau dans mon appartement. Qui me voulait en ce début de journée? Qui avait pensé à se déplacer pour terminer sa course devant ma porte d'entrée? Il me fallait descendre les marches et avertir l'étranger qu'il n'était pas le bienvenu. En posant mon pied sur la dernière marche, il ne me restait presque plus de force pour parler ou formuler une seule phrase cohérente.

— Je ne veux rien, absolument rien. Partez.

Une petite voix d'enfant essaya de m'expliquer qu'il vendait quelque chose pour financer un événement futur. Il s'époumonait pour que ses mots puissent pénétrer ma porte d'entrée.

— Partez! Partez, je ne veux rien, rien.

Après quelques secondes, j'entendis ses petits pas s'éloigner pour aller sonner à une autre maison. J'en étais débarrassé. En me retournant pour gravir les marches, l'image de l'enfant du froid me percuta. Et si c'était lui qui voulait me voir, me rencontrer... Après une petite hésitation, je mis mon visage dehors et cherchai celui qui avait fait vibrer la sonnerie. Je voyais des traces de bottes sur la neige, mais pas l'enfant qui les avait laissées. En scrutant le voisinage, nul enfant en vue, seulement des voitures garées. Quelqu'un me cherchait, quelqu'un m'en voulait de vivre ici. Je savais renifler l'odeur de l'inconnu, et j'avais peur.

Agenouillé dans la douche, j'observais le filet d'eau disparaître dans le tuyau de descente. Entouré de vapeur, j'essayais d'effacer les images de la neige, de l'enfant du froid et de ma beuverie de la veille. Il me fallait revenir à un état stable. Je ne voyais pas comment je pourrais voir arriver le printemps si je continuais à vivre ainsi. J'avais un réel besoin de respirer. Alors que j'essuyais ma nuque avec une vieille serviette, des images du frère Fulton défilèrent devant mes yeux. Pourquoi était-il mort ? C'était la seule question que j'étais capable de formuler.

Le simple geste d'allumer ma cigarette me ramena des bribes de mon rêve de la nuit. Il y avait un vent extrêmement chaud et humide. Un ciel gris, gonflé à sa pleine capacité, n'attendait que le signal de quelqu'un pour exploser. Un village envahi de poussière orangée où s'étaient rassemblées des centaines de personnes. Un véritable chaos régnait dans cette chaleur suffocante. Juché sur une petite boîte en bois au milieu des gens, des animaux et de la poussière, un homme criait à tue-tête. Je n'arrivais pas à distinguer ses traits, mais il était le seul Blanc, les autres étaient des Noirs. D'une couleur noire radieuse et vivante. De loin, l'homme blanc ne m'était pas familier. Mais plus j'avançais vers lui, plus son corps prenait les attributs du frère Fulton. Seule sa voix était différente. Une voix puissante et claire, contrairement à celle que la vie avait offerte à Fulton. J'arrivais à comprendre son discours, malgré le bruit épouvantable des cris des volailles. Un demi-cercle d'au moins une trentaine de poulets fixait le frère Fulton. Derrière eux, les villageois écoutaient les paroles de l'homme blanc :

— *J'ai conçu, en lisant nos Règles, un grand désir de les observer toutes, avec la grâce de Dieu... Cela demande une grande fidélité, un grand courage, une grande simplicité, une grande récollection, et surtout une grande grâce de Dieu.*

Ses postillons aspergeaient allègrement la petite statue qu'il avait dans sa main gauche. Une statuette aux couleurs brunes, qui semblait fragile. En m'approchant de lui, j'ai réussi à distinguer l'objet entre ses doigts crochus : il s'agissait de la Vierge Marie. Elle était sculptée dans une matière qui laissait couler un jus entre les ongles du frère Fulton. Dans son sermon enflammé, Fulton agitait la figurine de haut en bas. Son empoignement de l'objet était féroce. Le liquide dégouttait sur son pantalon et sur les poulets qui étaient à ses pieds. Les volatiles essayaient d'attraper les gouttes au vol. Les paroles du frère excitaient la volaille.

— *On appelle religieux ceux qui s'engagent totalement au service de Dieu, s'offrent à lui en holocauste... Dieu m'a aimé, et j'ai fidèlement pratiqué pour son amour... son amour.*

En laissant sa dernière phrase faire son effet, le frère Fulton fixa longuement la statuette de la Vierge Marie. Un silence régnait à l'entrée du village. La chaleur devenait mouillée et inconfortable. Le frère se tourna ensuite vers la foule. Il dévisagea chacun des villageois en sondant son cœur. Quand il arriva à moi, la sueur de mon front me brûlait les yeux et je fus incapable de soutenir son regard. J'aurais voulu le regarder un instant et surtout lui dire que j'avais été inquiet de la rupture de notre amitié. Les gouttelettes étaient trop pesantes pour que j'arrive à redresser ma tête. Après un cri de sa part, la foule avait commencé à circuler en rond autour du frère Fulton. Les battements de pieds et de mains des villageois contractaient en moi une puissante nausée. Je pouvais apercevoir le sol orangé et les poulets qui me lorgnaient avec assurance. Avec une force venue de nulle part, j'avais réussi à lever mon menton à la hauteur de Fulton. Il avait la statuette près de sa bouche.

Le liquide coulait à flot de la figurine. La foule hurlait et balançait les pieds et les mains près du corps du frère. Dans un élan saccadé, Fulton avait pris une bouchée de la Vierge Marie. Après l'avoir avalée, il s'adressa à moi.

— *Si le catholicisme ne t'émeut pas, si tu n'es pas effrayé de ce qu'il dit et de l'autorité qu'il a pour ce qu'il dit, rends grâce, ou plains-toi à ton imagination débile et à ton cœur inaccessible.*

Je n'arrivais pas à le regarder. Je savais qu'il aurait pu me tuer d'un seul regard. Pourquoi avais-je peur de mourir devant lui ? Qui était réellement cet homme pour moi ? Je cherchais une parole, un son en moi. Les poulets me dévisageaient avec sournoiserie. Le frère Fulton avait les restes de la Vierge Marie entre ses doigts et regardait le ciel. Il lança au-dessus de sa tête la figurine à moitié mâchée. La Vierge en tombant au sol fut déchiquetée par les poulets et quelques villageois. J'assistais à un carnage typiquement religieux.

— La canne à sucre est votre richesse ! Dieu est votre richesse ! Je suis votre richesse ! Prenez cette canne à sucre dont j'ai sculpté le visage et le corps de la Mère des mères et gavez-vous de son liquide qui est éternel !

Je suis votre richesse ! Dieu est votre richesse ! Je suis votre richesse !

Il avait sorti de sa poche de veston une autre figurine de la Vierge. Il voulait que je m'approche de lui.

— Je suis ta richesse, jeune homme !

Grâce à un lancer énergique, la figurine atterrit à mes pieds. Plusieurs villageois s'étaient rués vers moi.

Ils arrivaient à vive allure, les yeux fermés. Je crois qu'ils se dirigeaient avec instinct. Le frère Fulton avait quitté sa boîte de bois pour vivre ce moment sur la terre ferme. Il tournait autour de moi en s'adressant au ciel. Une douleur irradia ma jambe droite. Un homme rongeait ma jambe en souriant à un poulet.

J'étais seul au milieu de tout. Je sentais se glisser en moi une ombre que je connaissais déjà.

En verrouillant ma porte, je regardais la demeure de l'ombre cannibale avec une certaine crainte. Je savais qu'elle était présente et qu'elle m'observait. En pénétrant dans le taxi que j'avais demandé, je pus reprendre mon souffle.

— Je m'en vais au Collège de La Règle. Prenez l'autoroute en direction de l'ouest. Je vous dirai où se trouve le lieu.

J'avais une heure avant d'arriver à ma destination. Assis à l'arrière du véhicule, je regardais mon quartier défiler. Si j'étais parti à pied, je n'aurais jamais pu le quitter, pas même ma propre rue. J'étais avec un étranger, qui me conduisait vers le collège du frère Fulton. Je ne savais pas pourquoi je me dirigeais vers cette grande bâtisse. Quel désir voulais-je assouvir? Mon quartier me semblait abattu. Personne n'animait la vie de ce quartier, et il se retrouvait tranquillement à l'abandon.

Au-dessus de l'autoroute, les nuages indiquaient un message que je n'arrivais pas à décoder. Ils s'entrecroisaient de façon spectaculaire. Ils changeaient de couleur au fur et à mesure que la voiture s'élançait vers l'ouest. Ils m'accompagnaient vers un sentiment inconnu. Cela faisait longtemps qu'un spectacle comme celui-ci ne m'avait pas autant touché. Ma respiration prenait une pause des battements graves de mon cœur. Mon thorax pouvait enfin se reposer en admirant les formes découpées de ces immenses nuages. Je côtoyais la beauté pour une des rares fois depuis plusieurs années. L'ombre cannibale aurait été furieuse de me voir ainsi, j'en étais tout à fait conscient. J'avais quitté ma demeure sans demander son approbation. À mon retour, m'attendrait-elle avec rage ? J'aimais mieux me concentrer sur les codes et les images que les nuées m'envoyaient. Mes yeux prenaient du repos sur cette lumière dense. Les vitres de la voiture combattaient avec énergie le froid de l'hiver pour me garder au chaud. J'aurais voulu remercier l'engin, mais je n'en avais pas la force.

Une musique douce et rassurante sortait des haut-parleurs. Je ne savais pas si c'était la mélodie ou la chaleur à l'intérieur du bolide qui me calmait profondément. Il y avait longtemps qu'un tel bien-être ne s'était pas emparé de moi. J'avais beau avoir les nerfs à fleur de peau, je me laissais emporter vers un état émotif inconnu. Je dormis un certain temps et lorsque j'ouvris les yeux, la noirceur avait délogé la lumière du jour. J'arrivais à apercevoir quelques étoiles qui flottaient au-dessus de l'autoroute. Elles me semblaient si perdues, mais vivantes. Sur le tableau de bord de la voiture, la température extérieure indiquait moins vingt et un. Je pénétrais dans le froid avec une sensation de fièvre et d'aveuglement. Je n'avais pas besoin de regarder derrière moi pour savoir que les étoiles me suivraient jusqu'au collège. Elles voulaient savoir pourquoi je revenais vers cet endroit. J'ignorais si ces astres m'avaient déjà épié dans ma demeure en pleine ville.

— C'est quoi le nom de la sortie ?

Les paroles du chauffeur me ramenaient à mon objectif. Sa voix me rappelait un jouet mécanique que j'avais eu dans mon enfance. De vieux sons saccadés.

— Prenez la sortie de la rue La Chapelle. Pas celle-ci, la prochaine.

Dix kilomètres me séparaient du collège. Je ne savais pas où aller et qui voir en arrivant. Le froid glacial m'aiderait à choisir rapidement. La somme d'argent nécessaire à ce voyage était considérable. Je ne savais toujours pas ce qui m'avait poussé à venir jusqu'ici en voiture. J'aurais pu prendre l'autobus ou le train. Encore une fois, je n'avais pas pensé, j'avais agi dans un élan de panique.

Les bâtiments et les commerces étaient les mêmes, comme s'ils avaient décidé de rester intacts pour qu'on n'oublie pas le passé. La station-service avait gardé sa couleur rougeâtre, la brasserie avait rapetissé son stationnement et la cantine s'était dotée d'un grand téléviseur au-dessus de son congélateur. J'avançais dans la rue familière et je me sentais comme si je revenais vers un lieu qui m'avait manqué.

La neige lavait toutes les imperfections de cette minuscule municipalité. J'aurais aimé avoir un appareil photo pour en garder un souvenir tangible. Je savais qu'avec le temps l'image se ferait engloutir par quelque chose d'autre dans ma mémoire.

— Vous continuez jusqu'à la lumière jaune et puis vous tournez à gauche. Montez jusqu'en haut de la côte et ce sera là.

J'avais dans mes mains les soixante-dix-neuf dollars que je devais au chauffeur. Je ne voulais pas les lui donner, non par peur d'être plus pauvre, mais parce que, lui remettant l'argent j'allais devoir quitter la voiture pour me retrouver seul face à un imposant bâtiment qui avait plus de deux cents ans. À la vue des feux rouges arrière de la voiture qui retournait en ville, un frisson me découpa le bas-ventre. La nuit était froide et très calme. Les dizaines de lumières à l'intérieur du collège illuminaient l'entrée principale de la bâtisse. J'étais devant l'énorme porte qui abritait tout le savoir de cette institution et je tremblais. Le vent me brûlait les jambes et son souffle essayait de me projeter dans les vitres des deux grands battants. Je voulais prendre le temps de fumer une cigarette avant de faire face à je ne sais trop quoi. Je sortis mon briquet, mais, après plusieurs tentatives infructueuses, je renonçai à m'allumer une cigarette. Je devais rentrer, le froid était insoutenable. L'air ne voulait pas que je fume, et j'en étais tout à fait conscient.

Le grand couloir de l'entrée principale avait changé de couleur. Pour le reste, les mêmes cadres, les mêmes photographies des frères et des pères de la congrégation. Je revenais dans un lieu connu, mais j'éprouvais la crainte de ne plus me souvenir de tout. Je sentais comme un vide qui engourdissait ma démarche. Lorsque j'arrivai au premier étage, il n'y avait personne. Pas un son ne frappait les parois des murs. Un silence religieux contrôlait le niveau sonore de mes pas. J'avais traversé une porte pour rejoindre une autre aile du collège, et il n'y avait toujours personne en vue. Je vis que ma montre indiquait dix-sept heures. Je me souvins que c'était l'heure du repas. Nous mangions très tôt pour faire place à la prière et aux études en début de soirée. Lorsque je descendis vers la cafétéria des étudiants, l'absence de cris et de rires me rendit très nerveux. Les élèves mangeaient-ils en silence ? Les discussions étaient-elles à présent interdites pendant les repas ? Je ne savais pas si de nouvelles règles étaient en vigueur. Ce manque d'agitation rendait le collège vieux et obsolète.

Par la porte vitrée de la cafétéria, je vis que la salle était déserte. Une petite lumière éclairait le fond de la cuisine. Les chaises et les tables étaient toujours debout malgré les centaines de postérieurs qui les avaient fait basculer. Je reconnus ma place, sur la droite. Une place stratégique qui me permettait de gagner du temps quand je devais refaire la file pour avoir une deuxième portion de cette nourriture industrielle. En essayant d'imaginer les menus que les cuisiniers actuels devaient servir, je me dirigeai vers la cafétéria des religieux. Je voulais rencontrer quelqu'un à tout prix, j'avais besoin de savoir si le collège était encore vivant et qu'il n'était pas complètement abandonné. Près de la deuxième cuisine, je croisai enfin le père Arthur Desurmont. Il avait terriblement vieilli. Il déambulait le dos voûté et les yeux mi-clos. Il semblait perdu avec bonheur.

— Père Desurmont, comment allez-vous ?

Le vieil homme s'était à peine retourné et il avait continué sa route vers les escaliers.

— Père Desurmont ?

L'homme avait passé une porte et quitté l'étage. Son mutisme me troubla physiquement. Ma peau et ma chevelure voulaient m'abandonner. Je devais monter au dernier étage vers les cellules des frères et des pères. Quelqu'un devait me rassurer et rapidement. Je laissai derrière moi l'ascenseur et je vis une grande statue du fondateur du collège qui se dressait devant moi. Le Père des pères, debout et fort, dont la mission était de protéger ce lieu. Du temps que j'étais étudiant, il m'était arrivé une seule fois de mettre les pieds dans les hauteurs de ce bâtiment réservées aux membres de la congrégation. Qu'ils fussent frères ou pères, enseignants ou retraités, tous partageaient cet étage. Il était composé de plusieurs cellules minuscules. Dans ces petites chambres se trouvaient un lit, une table de nuit, une petite lampe en céramique, un bureau et une chaise, et quelques livres. Ces hommes vivaient dans un espace de deux mètres sur trois mètres, doté par chance d'une fenêtre. Dieu est plus facile à entendre quand une pièce a une fenêtre, me répétaient souvent mes grands-parents paternels quand j'étais petit.

En bifurquant vers la gauche, j'avais fabriqué une ombre qui me suivait en hantant les murs du couloir. L'éclairage tamisé faisait danser différentes formes sur le plancher et le plafond du corridor. Je savais que je n'étais pas seul. L'ombrage qui se balançait à mes côtés s'allongeait sans cesse. L'ombre cannibale avait-elle des consœurs en dehors de la ville ? À quelques pas de moi, une porte semblait ouverte. Une lueur faible baignait le couloir. En atteignant la porte, je vis une petite plaque sur celle-ci : *Frère Armand Charlebois*. J'hésitais à frapper sur le cadre de la porte. Une sueur épaisse et nauséabonde alarma mon odorat. Avant que je puisse passer à l'action, une voix grave et posée transperça mon corps.

— Qui êtes-vous ? Comment avez-vous pu vous rendre jusqu'ici, monsieur ?

Derrière moi, un religieux me regardait avec sévérité. Il était âgé, mais il imposait le respect de par sa stature. Il était vêtu d'une soutane grise et avait dans ses mains un gros livre, la Bible très certainement.

— Heu, pardonnez-moi... Je suis à la recherche de, du...

J'ignorais si je devais jouer à l'innocent et évoquer tout simplement ma recherche du frère Fulton ou lui dire la véritable raison de ma venue au collège, donc la vérité. Mais quelle était cette vérité ? Je ne la savais pas moi-même.

— Je cherche le frère Fulton... En fait, je cherche quelqu'un qui peut m'aider à trouver le frère...

— Le frère Fulton nous a quittés. Vous savez, j'ai prié pour vous après notre entretien téléphonique.

Comment savait-il qui j'étais ? Des remords me fracassaient le crâne et mes jambes perdaient de leurs forces. Des larmes demandaient à naître, mais mon esprit les retenait de peur de ne plus être capable de les arrêter.

— Comme je vous l'ai mentionné, Henry est décédé en Haïti il y a un an. L'inhumation de son corps s'est faite en présence des frères et les pères qui sont en mission là-bas. Nous avons célébré une messe en son honneur ici l'année dernière. Voulez-vous vous asseoir ? Venez, j'ai quelque chose qui va vous aider.

Nous pénétrâmes dans sa chambre. Elle contenait tout ce que j'avais vu dans la cellule du frère Fulton : un lit, une table de nuit, un bureau et quelques livres. Le frère Charlebois m'offrit la seule chaise de la pièce. Avant de prendre place sur son lit, il ouvrit le tiroir du bureau et sortit une bouteille de vin et deux petits verres en terre cuite. Après m'en avoir offert un, il baissa sa tête et fixa le plancher.

— Vous savez, toutes sortes de rumeurs ont secoué la communauté après le décès du frère Fulton. Nous savions que, par moments, Henry sombrait dans ce que nous appelions une petite dépression, mais pas au point de...

Le frère Charlebois avala d'un coup sec son verre. Il se leva et ouvrit la fenêtre de sa chambre. Il chercha quelque chose sur son bureau et dans les poches de ses vêtements. Il trouva une boîte d'allumettes.

— Je dois passer les deux tiers de ma journée à chercher, vous savez.

En repoussant un livre, il trouva son paquet de cigarettes.

— Vous me permettez de fumer?

Après un hochement de tête de ma part, il alluma sa cigarette. J'étais trop gêné et nerveux pour lui demander si je pouvais fumer moi aussi. Il remplit de nouveau son verre.

— Henry a dû quitter le collège pour des agissements qui ne sont pas... Nous ne pouvons accepter que de tels gestes soient posés. Il ne s'agissait que de rumeurs, mais nous ne pouvions nous permettre que ces rumeurs prennent de...

Il ne restait plus de vin. Je sentais un malaise me frapper. Sans lui demander la permission, j'allumai une cigarette à mon tour.

— Une fois là-bas, sur l'île, il devait prendre du temps pour lui. Il voulait réfléchir à sa vocation. Il avait déjà évoqué que de vivre au collège était pour lui un mal, un mal de vivre. Il lui arrivait de parler seul, la nuit. Il discutait à haute voix. Il s'adressait à Dieu, je crois. Sa cellule était à droite de la mienne. J'arrivais à l'entendre, parfois. Après son geste violent sur un étudiant, il est parti pour Haïti. Il devait y rester pour quelques mois...

— Il m'avait dit cinq mois.

— Je sais, mais après trois semaines, nous avons perdu sa trace. Il avait quitté le pensionnat de La Croix. C'est seulement l'année dernière que nous avons eu des nouvelles de lui. Il avait vécu seul pendant des années, je ne sais où. Disons que son état mental avait basculé.

J'avais une deuxième cigarette en bouche et j'avais fini mon verre. Tout en écoutant le frère, il me semblait voir une ombre entre le plancher et le bas de la porte. J'avais froid et je ressentais une douleur sous mes pieds. Mes bottes n'arrivaient plus à me protéger.

— On nous a rapporté qu'Henry avait erré parmi les champs de canne à sucre. Il a été aperçu à des centaines de kilomètres au nord de la ville de Jérémie où se situe le pensionnat. Nous l'avons retrouvé dans les montagnes du nord de l'île, plus précisément dans la chaîne du Haut Piton. Imaginez le trajet à pied...

Le frère s'était allumé une autre cigarette, lui aussi. Il disparut dans la petite salle de bains jouxtant sa cellule et revint avec une bouteille de scotch.

— Si je dois continuer à vous raconter, je vais avoir besoin d'aide. Si vous voulez partir, je ne vous retiendrai pas, cher ami. Au fait, quel est votre nom?

— Qui l'a retrouvé en montagne?

— Les militaires. Il voulait...

Après une grande rasade, il me regarda avec insistance pour la première fois.

— Il s'apprêtait à crucifier un enfant sur une grange...

L'image me fascina. Le frère Fulton, l'homme qui crucifie un enfant en Haïti. Le frère Charlebois m'avait tendu la bouteille de scotch. Je pris une bonne gorgée qui laissa des traces sur mon manteau, ma main avait eu des tremblements.

— Est-ce que c'était un garçon ou une fille, l'enfant ?

— Quelle importance… L'enfant n'avait pas voulu manger une statuette qu'Henry avait fabriquée à partir d'une canne à sucre. L'enfant devait recevoir le Christ pour le salut de sa propre vie. Henry hurlait aux villageois d'accepter le sort que le Christ avait réservé à l'enfant. C'est le père Berge qui a assisté à la mort d'Henry. Avant de se faire abattre par un militaire, Henry répétait sans cesse…

Le frère avala facilement le tiers de la bouteille avant de s'allumer de nouveau une cigarette. L'ombre du corridor avait avancé vers nous. Le froid provenant de la fenêtre ouverte ne ralentissait aucunement sa progression.

— *« Je suis la vie ! Ce que vous demanderez en mon nom ! L'amour du Christ vous tuera ! La Vierge doit être enfantée par l'action du prêtre ! Ce Prêtre, c'est moi ! »* Il hurlait ces mots à l'enfant… Avant son exécution, les militaires et le père Berge avaient essayé de le ramener à la raison… Henry avait attaqué Berge avec une machette… C'est à ce moment-là que le militaire l'a abattu.

La dernière scène du frère Fulton était bien imprégnée dans ma mémoire. Ma cigarette consumée me brûlait les doigts. L'ombre sous la porte me saisit le pied droit. Je perdis l'équilibre et me retrouvai sur le plancher. Je voyais l'ombre se faufiler entre les sandales du frère Charlebois. J'attendais de l'aide du frère, mais ses yeux étaient fermés et son mégot de cigarette semblait vouloir s'éteindre entre ses doigts. Je n'avais qu'une volonté : quitter la cellule intact.

La neige rentrait par la fenêtre de façon abondante. L'ombre arrivait à la faire fondre. Elle me cherchait sur le plancher. Il fallait que je quitte la pièce. Dans le couloir, je n'osais pas me retourner pour saluer le frère. L'énorme statue du fondateur du collège avait à présent plusieurs ombres à ses pieds. Je n'arrivais pas à savoir si le fondateur de l'établissement me souriait ou non. On aurait dit cependant que la statue me remerciait de ma visite. À l'intérieur de la boîte métallique qui me ramenait vers la sortie, je n'arrivais plus à sentir les battements de mon cœur. Je pouvais percevoir le son de mon souffle, mais mon cœur était inanimé. Sur le perron du collège, le froid vital de la campagne me percuta brutalement. J'avais beau courir à fond de train dans l'allée qui me menait vers la route, je sentais le poids du collège sur moi. Une fois sur la route, je n'osais toujours pas me retourner. Est-ce que le collège voulait ma peau ? Le frère Charlebois me regardait-il avec ses yeux clos de sa petite fenêtre ? La neige qui tombait avait-elle pour alliées les ombres de la statue du fondateur ?

Une lumière blanche devant moi m'aveuglait avec puissance. À bout de souffle, je dus m'arrêter devant elle. Le froid gagnait mes membres. Un bourdonnement déplaça ma vision. J'étais au sol, dans cette neige blanche qu'on ne retrouve plus en ville, et je sombrais dans un désastre mortel.

J'ouvris les yeux et une tiédeur rassurante m'embrassait. J'étais assis dans une fourgonnette. Je sentais que l'engin était en mouvement. Je n'osais pas regarder qui conduisait. Je sus que j'étais vivant quand une voix féminine me toucha.

— Nous serons au cœur du village dans deux minutes.

Avais-je mentionné que je me dirigeais vers le village ? Lui avais-je adressé la parole ? Est-ce de mon plein gré que j'étais monté dans la fourgonnette ? Articuler mes pensées me demandait trop d'efforts. Le paysage semblait m'observer avec une grande attention. En lorgnant dans le rétroviseur, je n'arrivais pas à distinguer le sol et le ciel derrière moi. La neige était pesante et sournoise en cette fin de soirée.

— Vous pourrez prendre un taxi, juste à côté de la brasserie. Yves devrait être là. Non, non, non, c'est Luc qui travaille ce soir.

Je n'avais pas de force pour lui répondre. Il s'agissait d'une dame dans la mi-quarantaine. Elle semblait en pleine santé malgré son haleine de café. La fourgonnette s'arrêta devant la brasserie.

— Merci.

Je voyais à travers la neige tombante le taxi de Luc. Luc, l'homme qui me conduirait chez moi. En m'avançant vers la voiture, j'avais osé jeter un œil à l'intérieur de la brasserie. Il y avait quelques clients au bar. Il m'était impossible de savoir si la personne qui était debout près de la table de billard, et qui regardait vers dehors était le frère Charlebois, la statue du fondateur du collège ou l'ombre cannibale.

Après avoir précisé à Luc que j'aimerais mieux ne pas parler, nous quittâmes la municipalité. Je savais que, parmi les millions de flocons de neige qui s'échouaient devant le taxi en marche, se trouvait l'ombre cannibale. Ils avaient beau essayer de se coller sur le pare-brise, le vent et les essuie-glaces les balayaient sans aucune douceur. Dans la voiture, j'étais sauf et protégé. Je laissais derrière moi une partie de mon âme. Plus jamais je ne pourrais remettre les pieds dans ce lieu. Un deuil s'était emparé de moi. Je rentrais chez moi sans savoir dans quel état serait mon quartier ni comment l'ombre cannibale m'accueillerait. Encore une fois, je n'avais aucun contrôle sur ce qui m'attendait.

Les yeux fermés, j'essayais d'imaginer l'acte violent que le frère Fulton avait pu commettre sur un étudiant avant sa mutation finale en Haïti. Je ne crois pas qu'il s'agissait d'une gifle ou d'une fessée, mais de quelque chose de plus violent. Avait-il essayé de noyer un enfant dans la piscine du collège? Avait-il attaché un jeune à un arbre et l'avait-il laissé dans cette position pendant plusieurs jours? Je sentais une chaleur gagner ma peau. Elle n'était pas due à la chaufferette du véhicule qui crachait tout ce qu'elle pouvait pour combattre la température glaciale à l'extérieur. C'est comme si j'autoalimentais une énorme brûlure corporelle. J'avais une vague impression que je devais me départir de ma peau actuelle, comme si je devais muer. Luc me fixait dans le rétroviseur. Je crois qu'il cherchait à savoir qui j'étais. Je regardai derrière moi pour échapper à son regard et c'est à ce moment que j'aperçus une tache noire qui roulait sur le coffre arrière de la voiture. Je ne pouvais percevoir son visage, mais je savais qu'elle me braquait de derrière. Je ne savais plus où diriger ma vue, sur les yeux de Luc ou sur la forme noire. Nous étions à quarante minutes de la ville. Je voyais les chiffres du montant de mon trajet augmenter dans les yeux de Luc.

— T'es fumeur, toé ?

Que répondre à quelqu'un à qui on ne veut pas adresser la parole ?

— J'étais fumeur.

— T'es-tu *sure about that* ?

J'avais mon briquet dans la main, que j'actionnais sans arrêt.

Le chauffeur m'envoya un sourire impersonnel. Il se détacha de mes yeux pour regarder vers l'avant. Qui était-il pour me poser des questions imbéciles ? L'envie de fumer accentuait la douleur de ma peau. Je savais que si je regardais à la hauteur de mon thorax, je trouverais des crevasses bouillantes prêtes à s'attaquer à mes os. Des images de flammes me traversaient le corps. Et si le frère Fulton avait brûlé un étudiant ? Je divaguais dans un scénario de torture quand Luc m'interpella.

— J'connais pas bien la ville, c'est où qu'on va, là ?

Il me fatiguait au plus haut point. Pouvait-il conduire et m'accorder la paix que je méritais et que je désirais ?

— Donne-moé juste le nom d'la rue ou d'la sortie pour que...

— Je vous dirai où tourner quand on arrivera près de la sortie.

Je savais qu'il avait horreur de ne pas savoir où aller. Il devait être un homme qui aimait tout planifier. Pas de mystère dans sa vie. Je le sentais nerveux. J'actionnais mon briquet chaque fois que je respirais. Luc avait décidé d'accélérer pour me déposer au plus vite.

— Vous roulez vite, êtes-vous pressé ?

Son regard s'était abaissé et je voyais des tics de nervosité contracter son cou. Il bougeait la tête de bas en haut.

— J'ai d'autres clients, à soir.

Nous avions roulé un certain temps sans nous parler. Le silence me permit de fermer les yeux. Le frère Fulton occupait mon esprit. Comment avait-il pu déraper de la sorte? Il avait vécu des années, seul, dans des champs de canne à sucre, à la recherche de quoi? Avait-il été heureux en cavale? Lui était-il arrivé de discuter avec quelqu'un quand il s'était senti isolé? Devant le manque de réponses, mon imagination désirait m'aider. Elle voulait fabriquer des significations pour que mon esprit puisse se calmer.

Quand je fixais un point de l'autoroute, je pouvais apercevoir au bout des figurines miniatures de la Vierge Marie saupoudrées de flocons.

Nous allions quitter l'autoroute avec une vitesse d'enfer. Je prenais plaisir à mystifier mon chauffeur et trouvais dommage que ma route se termine sous peu. Derrière moi, la tache noire s'étalait du coffre jusqu'au milieu du toit de la voiture. Elle se préparait à ouvrir la porte du véhicule quand je serais devant chez moi. J'avais indiqué la sortie à Luc et la route à suivre pour retrouver mon quartier. Une excitation nouvelle faisait vibrer mes jambes et mes bras. Je ne savais pas si c'était une nausée qui se préparait, mais je me sentais vivant. Je savais que mon retour allait laisser sa marque sur le sol gelé de ma rue. Nous étions à moins d'un kilomètre de ma demeure quand je décidai de m'allumer une cigarette dans le taxi.

— Tu peux pas vraiment fumer dans l'char.

Je sentais que le chauffeur était dans une zone d'inconfort absolu. Ses tics étaient plus fréquents et amplifiés et une sueur avait envahi son front. Tout en fumant, je m'amusais à brûler de petites surfaces de la banquette arrière.

— Qu'est-ce que tu fais là? Voyons, crisse! T'es-tu fou?

Plus le chauffeur s'énervait, plus je laissais la flamme de mon briquet travailler à sa guise.

— Hey! M'entends-tu? Hey!

Il avait quitté la route pour essayer de m'empêcher de détruire l'arrière de sa voiture. Il tenait le volant d'une main et, de l'autre, il essayait d'agripper mon manteau. Dans cette agitation masculine, nous étions arrivés au coin de ma rue. C'est à ce moment qu'une voiture nous frappa de plein fouet. Seules les ailes et les vitres du côté du conducteur étaient anéanties. La voiture avait eu la chance de ne pas y rester complètement. Le visage et les mains de Luc étaient d'une blancheur effrayante. Il tremblait mais semblait tout de même avoir conservé le contrôle de son corps. La tache noire avait disparu. En déposant ma botte sur la chaussé, je savais que le quartier avait changé. Les maisons de ma rue grelottaient et semblaient anxieuses. Je me dirigeai vers ma demeure en laissant derrière moi Luc, toujours sur les lieux de l'accident. Je savais qu'il n'essaierait pas de me rejoindre. La neige s'accrochait à mon manteau et voulait toucher ma peau, me pénétrer. J'allumai enfin une cigarette, j'étais à deux ou trois maisons de l'ombre cannibale.

— Ombre cannibale, es-tu libre ce soir?

Mon invitation avait été répercutée par toutes les façades des résidences. L'écho de ma voix m'avait transpercé les poumons. J'avais en moi une pesanteur agressive qui ne demandait qu'à sortir de mon estomac. Le bruit de mes pas rebondissait sur les voitures stationnées et mes bottes prenaient un malin plaisir à écraser la neige sale de la ville et la glace fragile de la rue.

Plus j'approchais de la résidence de l'ombre cannibale, plus mes brûlures devenaient insupportables. Mon corps voulait vivre une mue que je ne croyais pas être en mesure de lui donner. Il dictait mes mouvements. Mes muscles ne m'écoutaient plus. J'étais agité de mouvements circulaires et brusques.

J'essayais de regarder les fenêtres des maisons voisines pour voir si quelqu'un m'espionnait, personne n'était au rendez-vous de ma perte de maîtrise. J'avançais et reculais d'un banc de neige à l'autre, comme si je voulais démontrer à mon voisinage que j'étais revenu plus faible qu'avant mon départ. J'avais chaud et mes vêtements commençaient à être lourds et capricieux. Derrière une voiture stationnée, je pouvais deviner une silhouette fragile et maladroite. Vu sa grandeur il s'agissait probablement d'un enfant. Je savais qu'il m'observait, mais j'étais incapable de l'identifier. Était-ce un garçon ou une fille ? L'enfant du froid était-il revenu m'accorder une audience ?

Mon corps m'entraînait vers un amoncellement de sacs à ordures et de bouts de bois abandonnés dans la neige. J'avais l'impression que l'un des sacs m'interpellait : « Es-tu libre ce soir ? » Avec la nuit qui diminuait l'acuité de ma vision, avais-je affaire à un sac à ordures noir ou à l'ombre de la voiture de Luc ? Et si c'était un déguisement de l'ombre cannibale ? Avait-elle pris le temps de répondre à mon invitation ? Mon esprit ne demandait qu'à rentrer chez moi, mais mon corps avait d'autres plans. Sans que je puisse rationaliser mes actions, j'avais entre les mains de vieux bouts de papier journal et une petite quantité de bois et je me faufilais entre la maison de l'ombre cannibale et celle de son voisin. La silhouette de l'enfant avait disparu derrière moi pour réapparaître dans la ruelle arrière. L'ombre de l'enfant était assise sur une clôture et me dévisageait. Mes mains avaient fabriqué un petit tas de bois sous lequel j'avais placé des boules de papier. Ma main droite cherchait mon briquet avec acharnement. Malgré moi, mon corps était sur le point d'allumer un feu. J'étais entre deux maisons, dans une noirceur sournoise. J'étais traqué par une ombre enfantine et je savais que l'ombre cannibale n'était pas loin. Le feu prenait forme et force et mon corps avait décidé d'observer le tout sans broncher. J'essayais de convaincre mes os et mes muscles de quitter ce lieu, car nous pourrions le regretter à tout jamais. Ma demande n'eut aucun écho, j'étais un témoin et je devais assister à l'événement.

Le feu s'amusait à fabriquer des flammes qui voulaient tout mordre sur leur passage. Mes pieds envoyaient d'autres morceaux de bois rejoindre les flammes affamées. Une fumée opaque avait commencé à naître entre les deux bâtiments et des formes prenaient place et dansaient avec mon corps. Je voyais que les flammes attendaient le bon moment pour me consumer. Dans cette lueur, une forme familière se dessinait. Je pouvais voir des jambes et des bras que j'avais connus. Un tronc voulait s'accrocher aux membres inférieurs, mais des tisons manifestaient leur désaccord. J'essayai de m'approcher de l'apparition, mais mes jambes avaient décidé de s'enraciner dans le sol. Elles semblaient vouloir y rester. La chaleur du brasier venait me frapper rapidement l'estomac. Des étourdissements me balançaient de l'avant vers l'arrière. L'ombre de l'enfant me fixait et la forme humaine devant moi se tortillait. Plusieurs flammes voulaient m'empoigner. La vision humaine prenait les allures du frère Fulton par moments. Mes larmes s'asséchaient avec la chaleur de l'incendie qui s'était propagé jusque dans les murs des maisons. Je n'arrivais plus à fabriquer une émotion ou une image qui pouvait me protéger de la force des flammes grandissantes. La silhouette de l'enfant et la forme humaine se rapprochaient de moi. J'étais piégé dans cette épaisse fumée qui sautillait d'une maison à l'autre. La douleur qui se répandait de ma colonne vertébrale à mes orteils m'avertissait que mes souffrances n'en étaient qu'à leurs débuts. Mes deux ennemis étaient là, à quelques pas de moi, mais pour une rare fois, la chaleur qui brûlait mon intérieur était douce. Je n'avais qu'à fermer les yeux et à laisser les deux formes me manipuler à leur guise. Le feu gambadait d'une toiture à l'autre et le quartier était ébranlé pour une dernière fois, je crois.

À l'enfant du froid, à la forme humaine du frère Fulton ainsi qu'à l'ombre cannibale, je laissaia une ultime trace. Je pouvais enfin me reposer.

Dans la même collection :

Stéphane Bertrand, *Clark et les autres*, 2007

Stéphane Bertrand, *L'Abri*, 2009

François Blais, *Le Vengeur masqué
contre les hommes-perchaudes de la Lune*, 2008

Marie Clark, *Mes aventures d'apprenti chevalier
presque entièrement raté*, 2008

Patrick Drolet, *J'ai eu peur d'un quartier autrefois*, 2009

François Magin, *La Belle et le hautbois d'Armand*, 2007

Texture

Texture, textile, tisser, texte... Tous ces mots ont une même racine indo-européenne, qui exprime le fait de construire, de fabriquer des ouvrages faits de matériaux entrecroisés.

N'est-ce pas là une jolie définition de ce qu'est la littérature, notre littérature ? Le plaisir d'entrelacer des mots, mais aussi de créer des liens entre des êtres humains – auteurs, lecteurs, éditeurs, graphistes, critiques, etc. – tous unis dans une même volonté de tisser le savoir du monde.

La collection « Texture » se veut ainsi un espace entièrement consacré au plaisir du texte. Friands de style, nous publions des auteurs dont la plume a du relief !

FRANÇOIS COUTURE
Directeur littéraire